KOREA
我的名字叫旅行
BRAVENESS
Advent
Discover
Dream is now here

嗨，我的名字叫旅行

一輩子這樣看世界真讚！

阿內斯・安（Aness An）◎文
宋秀貞◎圖
鄭杰・李寧◎譯

高貴的公主！

現在就出發吧！

Noblesse Nomad Princess!

It's time to hit the road!

哎呀！忙暈了，可這人氣還一直在飆升。
最近找我的人越來越多，
他們總是對我充滿憧憬和渴望，
身心疲憊時總是想起我。
我有很多名字，
有時叫「冒險」，
有時叫「激情」，
有時叫「休閒」或者「回憶」……
……偶爾會有人故意，
叫我「逃避現實」「驛馬星」「奢侈」等。
每每此時，我都覺得冤枉，
那些沒有責任感的人破壞了我的形象。
但管他呢，
只要能夠給大家帶來特別而珍貴的經歷和感受，
我就會感到欣慰和自豪。

請把我作爲禮物送給他們吧！
那些感到生活空虛、人生痛苦的人們，
那些想忘記過去、重新開始的人們，
你最親密的朋友和愛人。
因爲我是最玲瓏的八面美人，
我將會引領他們走入一個新世界，
他們一旦喜歡上我就像染上毒癮一樣，
會常常想念我，
回憶和我在一起的美好時光……
你無法抗拒我的魅力，
那麼我究竟是誰呢？

呵呵，大家好，我的名字叫Travel「旅行」

Travel

旅行

PROLOGUE

與其聽天由命，不如追求更有活力的自我

小學的時候，我喜歡穿粉紅色的連衣裙，有蓬蓬的蝴蝶袖，腰間鑲著美麗的蕾絲，頭上總是紮著大大的髮球（一定要大才行，因爲我對這句話深信不疑：髮球的大小和女孩子的自尊心成正比），還一定要穿上畫有魔法公主的鞋子。每次我只有打扮成這樣才肯出門，我甚至以爲自己會這樣嫻靜地生活一輩子。

然而後來一切都發生了改變，我的人生在原地優美而急速地旋轉了一百八十度，只是因爲一本書……

我忘了是不是在小學三年級的時候，我也忘了那一天的天氣，我只記得在一家圖書館無意中發現的那本書《環遊世界八十天》。當在書中看到主人翁——英國人福克向印度女子求婚，我突然明白：原來不一定要跟自己國家的人結婚。那一年，我十歲。同時我也意識到：要想和世界各國不同的人交流，就一定要先學好英語。

就這樣，我開始努力地學習英語，渴望有一天能像福克大叔那樣去環遊世界。誰也不會想到我小小的腦袋裡藏著這麼一個偉大的夢想，就像誰也不會想到昔日那個梳著馬尾小辮，閃著眼睛，坐在圖書館角落裡的小女孩有一天會成爲一個總在匆忙翻找著機票的公主……

高一的暑假，偶然間我在姐姐書桌上發現了兩本書：村上春樹的《挪威的森林》和弗朗西斯．史考特．費滋傑羅的《大亨小傳》。

很快我就被這兩本書深深吸引住了，吸引我的不是作品本身，而是兩位作家的生活和經歷。尤其是《挪威的森林》最後那兩頁後記，更是讓我著迷。

村上春樹在回顧《挪威的森林》的創作過程時說，這部小說是他在希臘、西西里半島和羅馬旅行時完成的。當不經意間看到這些資訊時，我的心跳莫名地加速，感覺異常興奮。

「旅行讓我成長，」村上春樹說，「它不僅使我獲得了極大的精神滿足，也使我迸發出大量的創作靈感。」

弗朗西斯．史考特．費滋傑羅喜歡和他的夫人一起環遊世界，他們說：「我們不喜歡沒有旅行箱的房間，因爲激情在沒有旅行箱的房間裡會蕩然無存。」他們的人生經歷讓我對自己的人生充滿了無限的遐想。

「啊，人生原來可以如此灑脫，如此精彩！」

感嘆之餘，我也開始憧憬擁有這樣的人生……

自那之後，我常常沉浸於這樣的想像：在威尼斯一家漂亮的咖啡店打工，休息時悠閒地寫作和攝影；在邁阿密海灘的衝浪代理店做售貨員，閒暇時自由地漫步於海邊，與衝浪手邂逅並且成爲朋友；或是在倫敦某個偏僻的舊書店裡做店員，沒有客人時坐在某個角落裡盡情閱讀我喜歡的圖書。在平淡得沒有一絲波瀾的日子裡，我常常期待著能發生一些變化，哪怕是到一個沒有人認識我的地方自由自在地生活一個月。

人總是因爲某種目的而活著，或是爲了生存，或是爲了名利，或是爲了成功和得到別人的認可。而我，更希望爲了遵循內心的呼喚而活著……

看了〈愛在黎明破曉前〉後，我夢想能在某次旅途中遇到心中的白馬王子，在彼此的注視中一見鍾情；聽〈甜蜜咖啡屋〉中很溫暖的原聲帶〈Calling You〉時，我幻想著能到加利福尼亞的沙漠中用我的餘生去品味遠離人世的荒涼和孤獨；看過〈末路狂花〉後，我又開始想像有一天能和朋友一起開著敞篷車，隨心所欲地去世界各地旅行。

以上列舉了我最欣賞的圖書、最喜歡的電影和最鍾愛的音樂，它們共同宣揚著一個口號，那就是「旅行」。

不知你有沒有這樣的經歷？無意間看到某本書中的某句話，它似乎就是你的寫照；不經意間被電影中的一句對白深深打動，劇終人散，你卻依舊無法離開自己的座位；走在路上，偶然飄來的一句歌詞撥動你內心深處的琴弦，引起無限的惆悵，一種疼痛之感油然而生……

對我來說，這樣的經歷和回憶實在太多了。旅途中咖啡屋牆壁上相框裡那也許從未被人留意過的字跡，在旅遊地和人閒聊時獲知的陌生旅行者的故事，在書中讀到的那些會讓我永遠銘記在心的語句，在火車上遇到的修女以及她猶如珍珠般可貴的話語……我將這些只屬於自己的文字和話語記錄下來，不知不覺已寫滿好幾本厚厚的筆記。

書店的暢銷書架上總是擺著那種鞭策人們「爲了成功而努力奮鬥」的書，讓你每時每刻都感覺到生活的艱辛。因心中對美好的未來充滿了憧憬，從而使你忙碌和躁動，甚至與現實永無休止地抗爭……

這些不是我需要的，我渴望的是這樣一本書：她永遠是旅行中最私密的朋友。當你在機場候機時，她可以拂去你內心的不安和焦躁；當你乘著飛機親近藍天時，她可以傾聽你澎湃的心潮；當你坐在充滿異國情調的露天咖啡館裡時，她可以和你一起分享手中的白蘭地以及閱讀所帶來的輕鬆愜意……

帶著這本書行走能讓你更好地體會旅行的妙趣：在旅行的那幾天裡，你可以不用顧忌別人的臉色，可以盡情地享受午睡的美妙時光，感受沒有任何束縛的自由人生；你還可以以一種極其悠閒的姿態，翻看這本小書……

留學的時候，我有幸結識了一位音樂治療師（Music Therapist）和一位美術治療師（Art Therapist），他們讓我知道原來還有「音樂治療系」。這眞是太神奇了。用非物理性的力量，比如音樂或美術來治療人的心理，這本身就讓人充滿無盡的想像。於是我想用旅行來醫治那些「高貴的公主」。

現在，如果你難以平復心靈的傷痛，或是感到生活空虛，情緒抑鬱，那麼試著借助旅行來治療吧！

我要和我的家人一起向著夢想的世界啓航了。完成這份書稿之後我會立即背起準備好的行囊，向我早已魂牽夢縈的吳哥窟出發。

又一次新的開始，又一次新的冒險，對人生又是一次新的挑戰。

我將重新開始，希望正在看這篇文字的你也一樣。

別說太晚了，我沒辦法！

到你該出發的時候了，和我一起啓程吧！

飛機即將衝向雲霄，開始你的人生之旅吧！

從A~Z的人生之旅Life&Travel

神奇之旅Secret Story

人生是在未知中
踏上心靈之路的旅行……

Life & Travel is~

體驗冒險 Adventure 無極限

身負勇氣 Braveness 的魔杖

不斷改變 Change 自我

你終會發現 Discover 一個新世界

截然不同的經歷 Experience 漫無止境

心靈的自由 Free 廣袤無邊

Life & Travel is~

開啓陌生的大門 Gate 去追逐夢想

在旅行中治癒 Healing 傷口

熱情的邀請 Invitation 別拒之門外

在快樂的旅行 Journey 中

打造你精彩的王國 Kingdom

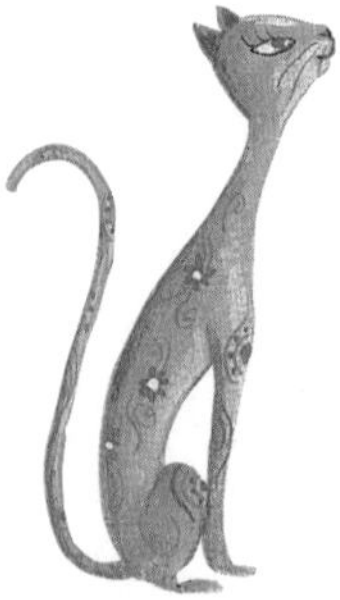

Life & Travel is~

在放任自我 Let it be 中獲得自由

魔咒就是你自己 Memory

每個瞬間 Now 都可以永恆

只有思維活躍 Open Mind 的人

才能明白樂園 Paradise 眞正的意義

Life & Travel is~

旅行因探究 Question 而精彩

片刻的放鬆 Relax 讓我們身心愉悅

偶爾的孤獨 Solitary 也會帶來靜謐

應該感謝 Thankful 生活中的一切

在領悟 Understand 眞理的瞬間

獲得心靈的安歇 Vacation

Life & Travel is~

我們走在未知 Wander 的旅途

果斷地拒絕 X不想做的事

在發現自我 Yourself 中

以熱情 Zeal 的心擁抱每一天

為了尋找幸福和自我，
為了踏上人生之旅的你，Cheers !!!

contents

Chapter 2

如果你這樣看世界……
成爲BOBOS精英一族

Chapter 3

如果你這樣看世界……
成爲S.I.M.P.L.E一族

Chapter 4

如果你這樣看世界……
成爲W.I.S.E智慧一族

Chapter 5

如果你這樣看世界……
成爲S.T.Y.L.I.S.H時尚一族

Dreamisnowhere

.

.

.

它不是Dream is no where，而是Dream is now here

不是夢想不存在於任何地方，而是夢想就在這裡。

成爲S.E.L.F自我改變一族

按照自己（Self）的想法，過著輕鬆（Easy）和奢侈（Luxurious）的生活並且經常（Frequent）去旅行。盡情地享受旅行，親身體驗豐富多彩的當地文化——品味各種美食，欣賞精彩的演出……收集旅行資訊，一旦發現了喜歡的地區，就會在那裡待上很久，不受任何人的干擾，盡情地享受休閒時光。

Chapter I

如果你這樣看世界……

Adventure

冒險讓我重生

一生中最精彩的投資

在美國，如果隨意詢問一位七十歲以上的老人：「回首過去的七十年，您最後悔的是什麼？」那麼百分之九十以上的人都會告訴你同樣的答案，那就是「如果能夠再冒點險就好了」。

我們還太年輕，總以爲有無盡的歲月可以揮霍，不至於擔心來不及冒險，於是在忙碌的日子裡我們終老一生。

人生不應該有如此的遺憾，讓我們從單調乏味的生活中解脫出來，踏上冒險的旅程，勇敢地主宰自己的人生吧，哪怕只有一次！

「這件事情我多想嘗試一次啊」，沒有什麼事情比帶著這樣的想法死去更可悲了。你有權利爲自己插上一雙嶄新的翅膀，向著夢想的地方盡情飛翔。

「紐約時報」的編輯部主任傑克在鼓勵年輕人旅行時說：「在你們面前還有漫長的生活，從學校畢業後的一年裡，沒有什麼是比體驗冒險更好的投資了。」

是啊，人生有時就是一場冒險。事實上，與嘗試冒險相比，畏懼冒險更可怕！

人類天生對未知的事情有好奇心，想去探究未知的世界，容易對新事物產生追求的衝動。

大多具有強烈冒險心的人都很樂觀，爲了快樂幸福，他們明確地知道自己該做什麼。他們自由奔放、充滿熱情，透過冒險去學習，在流逝的時光中逐漸成長。不知不覺我們會發現，那些曾經認爲只有偉人才能做的事實際上正由我們來完成。

傾聽心靈深處的鼓聲

有一天，著名作家村上春樹突然決定踏上漫長的旅途，他這樣解釋自己的行爲：「不知聽到了從哪裡傳來的鼓聲，這使我感到如果不去旅行的話，將無法忍受。」

他聽到的鼓聲正是來自於他內心的聲音，是心靈最深處的吶喊！

讓我們暫且歇息一下吧，把繁重的人生拋於腦後，坐在海邊，傾聽海浪拍打海岸的美妙樂聲，把你的心託付給自由的海鷗，徜徉在無邊的海面上……

這一刻請豎起你的耳朵傾聽，傾聽心靈深處的鼓聲，傾聽你心底的渴求。

如果你曾經努力克制旅行的衝動，那麼現在請尊重這種衝動吧！衝出生活，去做你夢寐以求的事！

沒有必要為不曾有過一次像樣的旅行而感到悲傷，也沒有必要責備所處的環境，你只需要對過去繃緊神經的疲憊生活感到一點點惋惜即可。

有人認為旅行是那些與自己無關的有錢人的愛好，這種想法眞讓人感到悲哀。

有一天，公司的一位同事對我說：「妳好像有很多錢啊，總是到世界各地旅行，眞是羨慕。」

人們看到去旅行的人，總認為他們能去旅行是因為有很多錢、有很多時間。但事實並非如此，經常旅行的人只是把旅行的價值放在第一位而已。

很多人想去旅行，但是現實中卻要忙於生計，得買房子、買車子……這樣那樣的需求很多。他們總是想，等滿足了這些欲望，有時間再去旅行。

但，可以確定的是，所有欲望都滿足的那一天永遠都不會到來。如果你只是苦苦等待那一天，那麼你的一生都將不會有一次像樣的旅行。

把旅行放在第一位的人，即使遇到想買的東西或者其他需要花錢的事情，也會為了旅行而節儉。除此之外，他們爲了旅行也會集中精力做事，積極開展工作。他們既不會利用休假來處理未完成的工作，也從來不會耽擱事情，所以他們生活得很從容。說羨慕我的那位同事，是一位手提價值幾百萬韓元的名牌皮包，穿著華貴的女人。我們的區別在於：那個女人每月存下十萬韓元，一年後買了一百萬韓元的名牌皮包，而我把一年存下的一百萬韓元用在旅行上。很難說哪一種投資更有價值，但是我並不羨慕她的生活，而她卻說羨慕我的人生。

如果上帝給我一個許願的機會，我想讓所有人都知道，旅行不只是有錢人的專利。無論是旅行四、五天還是一個月，並不是只有旅行的那段時間才會感到幸福。就像春遊的前一天會比春遊當天還幸福那樣，出發前會感到無比興奮和激動，旅行時會感到快樂幸福，而歸來後則會留下珍貴的回憶。

現在，你對夢想的生活還只停留在想像階段嗎？千萬別把夢想束之高閣，趕快付諸行動吧！

Princess Life & Travel Tips

* I am a Traveler 10條守則

1．經常踏上異國土地
2．多欣賞美麗的事物
3．透過欣賞各個國家的帥哥來飽眼福
4．多多接觸新的飲食
5．多和外國人對話
6．向所有人表示友好
7．和家人一起旅行
8．和很多人一起沉浸在愛的海洋裡
9．嘗試所有想嘗試的事情
10．享受這個世界給予我的一切

* 填滿旅行銀行帳戶的方法

1．在護照上被蓋上圖章時，進帳
2．結識了新朋友時，進帳
3．向陌生人表示友好時，進帳
4．能好好品嘗陌生食物時，進帳
5．在旅途中被感動時，進帳
6．勇敢地嘗試冒險時，進帳
7．留下了美好的回憶時，進帳；
反之，出帳
8．給他人帶來傷害時，出帳
9．對異國文化帶有偏見時，出帳
10．做出讓人指責的事情時，出帳

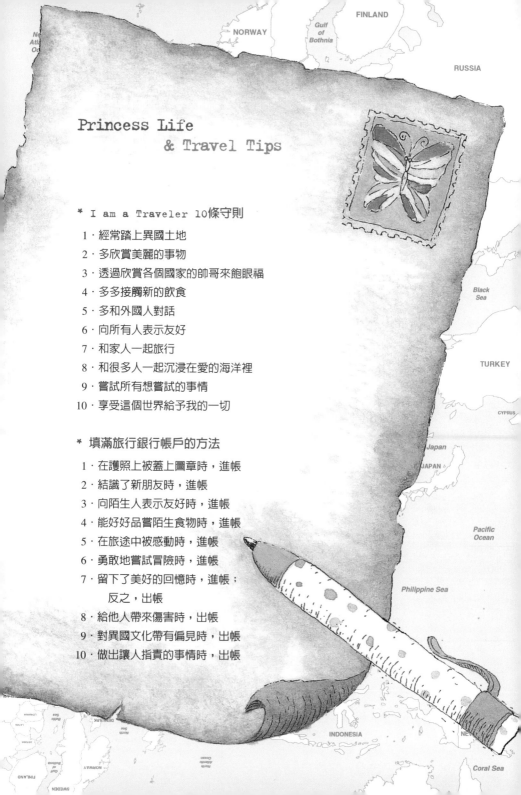

Princess's Wise Saying

人生的首件必需品 是一張描繪心靈的地圖

偶然是不存在的。當某人得到了他夢寐以求的東西時，那不是偶然使其實現的，是他自己，是希望和必然使其實現的。——**赫曼．赫塞**

我虔誠地祈禱，祈禱讓我今後的每一天不要以同樣的方式度過。——保羅．科爾賀《札希爾》

勇敢地掙開束縛我們的枷鎖，對於那些真正想做卻因為各種原因沒做的事情，應該試著全身心地投入一次。——**亞歷克斯．哈利《根》**

當一個人感到有一種力量推動他去翱翔時，他就不應該爬行。——**海倫．凱勒**

如果想到達一個未知的世界，就要通過一段陌生的路。——**艾略特**

一個人在呼吸並不代表他活著，只是意味著他還不能被埋葬。在這個世界上有很多人雖然還在呼吸，實際上卻已死去。——**瑪洛．摩根《曠野的聲音》**

如果你心靈空虛，那證明你正在尋找某種東西。——**布萊茲．巴斯卡（法國數學家、哲學家）**

少年問：「為什麼我們要傾聽自己心靈的聲音？」

「因為在你的心靈深處有屬於你自己的寶藏。」——**保羅．科爾賀《牧羊少年奇幻之旅》**

雖然人們知道荊棘之中遍布利刺，但是為了獲得鮮花，人們並不會就此罷手。

如果不像這樣去抓住人生，那麼靠其他的任何方法都無法掌握你的人生。——喬治．桑

冒險！那是一件多麼美麗和讓人感到充實的事啊！現在我要朝著改變命運的方向出發。——**紀德**

幸運總是光顧勇敢的人

摘掉恐懼的面具

在岩石下一片小小的湖泊裡生活著許多魚，可是只有一條很小的魚在努力地游著。其他的魚很不解：「爲這樣毫無希望、險象環生的世界去努力有什麼意思呢？」於是，牠們集體疏遠那條四處游動的小不點。

有一天，一位登山隊員來到山上。讓他感到非常驚奇的，是在群山環抱之中居然有這麼一片湖泊，湖泊中居然還生活著如此多的魚。於是，他把那條游得最努力的小不點放在魚缸中帶走了。湖中其他的魚嘲笑道：「牠那麼努力，最終還不是被抓走了？」然後急忙游到岩石後面躲得遠遠的。

在魚缸中的小不點發現了一個讓牠驚嘆的世界，原來這個世界竟是這麼神奇——動物和人居然能和諧相處。結識了魚缸裡遠道而來的其他小魚，聽了牠們的講述，小不點知道了在那片小小的湖泊之外，在這個魚缸之外，還有一個嶄新的世界。

過了不久，登山隊員把他養的魚放回江中。不知不覺小不點長大了，成爲魚中的領袖。小不點過著自由自在的生活，牠開始憧憬更廣闊的海洋。與此相反，湖泊裡其他的小魚由於湖水枯竭，全部死掉了。

常言道無知者無畏，這條小魚眞的無所畏懼嗎？不，牠也害怕，只是牠擁有正視恐懼、突破恐懼的勇氣而已。

生命其實就是一場挑戰，從出生的那一刻開始到現在，我們已經面對過無數的挑戰。那麼讓我們回想一下，是不是沒有錯過任何一次可以挑戰自我的機會？是不是即便沒有機會也不曾垂頭喪氣？

在機會來臨時，我們經常會瞻前顧後，總以爲自己可以做出最完美的決定，一丁點瑕疵都會讓我們最終喪失了勇氣。機會永遠沒有耐心去等待，所以適當地做出合理的決定，然後去付諸實踐是最好的選擇。

每個人的生命中都有一個強大的敵人，他無數次地使我們的計畫泡湯，總是在目標前設置障礙來阻擋我們，直至我們失敗。無論你嘗試做什麼事情，他都會扯著後腿說：「你不行！別做了。」終於有一天我抓住了那個敵人，和他面對面，但遺憾的是那個敵人就是我自己。原來所謂的「恐懼」，都是我們自己給自己戴上的「面具」。

現在讓我們徹底地撕掉這層面具，鼓足勇氣來面對生活吧！

永不後悔的挑戰

在學校上課外活動課時，我只會選擇讀書或打羽毛球，而在國外留學時，我卻饒有興致地選擇了非洲鼓、撞球等課程。而其中讓我終身難忘的課程是衝浪。

我夢想著可以像電影「霹靂嬌娃」中的卡麥蓉狄亞那樣，穿著性感的比基尼酷酷地衝浪。這樣的畫面只是想像一下都讓我熱血沸騰！

我毫不猶豫地加入了衝浪俱樂部，誰都沒有留意到我嘴角邊詭異的一笑。

終於等到上課的第一天，我站在每一個都像電線杆一樣高瘦的外國同學中間，手中扛著衝浪板，很壯烈地站在那裡，仔細聽著教練的訓話，生怕自己漏掉任何一個音節。教練說衝浪必須具備兩個基本條件：一是要有很好的平衡感，二是要有結實的下半身。我有些心虛地用衝浪板擋著自己並不強壯的下半身，吃力地跑到海裡。

喜歡大海卻畏懼下水，對我來說，衝浪無疑是個巨大的挑戰。

波濤終於來了，教練一聲令下：「上板！」所有的人都敏捷地站了上去。我也站了上去，不，應該說是躺上去的。我的身體緊緊貼著衝浪板。波濤來了好多次，可是身體根本沒有一點要離開衝浪板的跡象。教練衝著我大喊：「衝浪不是躺著，是站著！」掙扎之後，我一閉眼鼓足勇氣站了起來。但這僅僅持續了幾秒，我終究還是與衝浪板一起翻到海裡。我強打著精神，死守著「不管怎樣一定要堅持下去」的信念，直到被救起。這經歷至今仍然歷歷在目。最後我轉到了不需要結實下半身這一條件的撞球課程，衝浪的小插曲也隨之結束。但是我依然會經常對周圍的人們說：「我衝過浪！」然後在大家羨慕和讚嘆的目光中感到無比自豪。

我認爲人生中的冒險就是這樣，結果並不重要，只要鼓起勇氣去嘗試，這本身就很有意義。嘗試的所有事情都蘊含著生存的意義，沒有意義的冒險根本就不存在。

Princess Life
& Travel Tips

* 旅行者營養成分比率

挑戰精神25%＋勇氣25%＋閒暇20%
＋激動15%＋積極的心態15%
＝100% 的旅行者

* 膽小鬼營養成分比率

恐懼30%＋固執和偏見20%
＋奢侈20%＋消極的心態20%＋不滿10%
＝100%的膽小鬼

* 旅行儲備指數

有想去看看的國家	充電10%
曾經至少有一次想去環遊世界	充電20%
有毫無計畫就去旅行的朋友	充電50%
一看到機場心跳就莫名地加速	充電70%
想擺脫日常的生活	充電100%

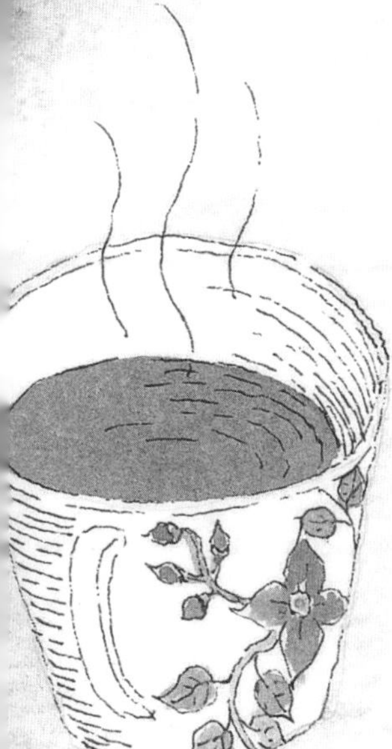

現在就出發吧！

It's time to hit the road!

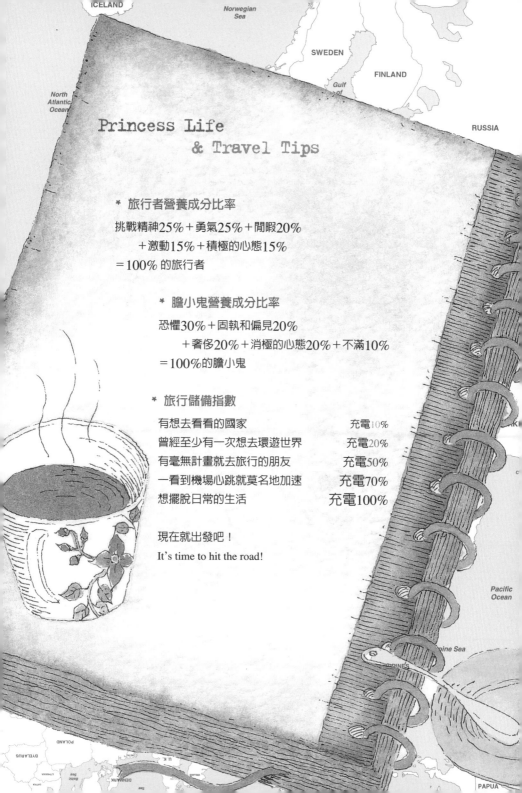

Princess's Wise Saying

不要苦惱自己能走到哪裡
請先邁出第一步

夢想沒有實現的原因只有一個，那就是害怕失敗。如果不誤認為你是為人謙虛或者期盼被照顧，消除你內心的恐懼不是更好嗎？——**吉本芭娜娜**

當面臨危險挑戰的時候，由於擔心萬分之一的失敗就可能錯過九千九百九十九次機會。

——**韓飛野（韓國知名旅行家、國際慈善義工）**

一個人如果一次都沒有像傻瓜那樣做出魯莽的事情，那麼他並不像自己想像的那麼聰明。

——**拉羅什富科（法國箴言作家）**

苦悶與其說產生於開始做某事的時候，不如說主要來源於做還是不做的猶豫中。——**羅素**

膽小鬼在一生中會經歷上百次，上千次死亡。
勇敢的人在一生中只會體驗一次。
怎麼樣？這一次不就足夠了嗎？
——**莎士比亞**

在晚年回首往事的時候，我知道我會說這樣的話：「該死，我應該採取更多的行動才對……」
——**戴安娜．班．威爾拉奈次**

如果想排除所有的障礙再重新開始，那麼最終什麼都無法嘗試。
——**塞繆爾．詹森（英國作家、第一本英文字典作者）**

請記住，人們常常後悔的是人生中沒有嘗試過的事情，而不是做過的事情。
——**東尼．理查森（英國導演、製片）**

我們想像的狀況往往比實際情形更糟，但是如果自己冷靜面對，去努力嘗試的話，最終會戰勝一切，取得勝利。然後你會不解：「為什麼一開始我會那麼膽怯？」

——**伊莉莎白．巴雷特．白朗寧（英國著名女詩人）**

人們都說隨著年齡增長會放棄越來越多的東西，但是我認為正是因為人們放棄了越來越多的東西，才會使年齡越來越大。——**西奧多．羅斯福**

恐懼在敲門，我開門一看，門外空無一人。——**美國格言**

如果不昂首挺胸而只是專注於腳下的話，你只會苟活於世；如果不想挑戰天空般的高度，你將永遠不能擺脫在地上爬行的命運。——**班傑明．迪斯雷利（十九世紀英國首相）**

想做的事情現在立刻就開始做吧！我們的生命不是永恆的，我們擁有的只是一瞬間，它正是在我們手中稍縱即逝的現在。——**瑪麗．貝文．瑞**

對於想做的事情，最簡單的回答就是「嘗試著去做」。——**英國格言**

當你正想著是否該開始做某件事的時候，就已經錯過了時機。

——**湯瑪斯．卡萊爾（十九世紀英國著名文學家、歷史學家）**

比起教二十個認為應該實踐的人，我更願意教一名肯付諸實踐的人。——**莎士比亞**

今後二十年你會因為沒做某事，而不是做了某事而失望。所以解開繩索吧！從安全的港口啓程，向著遠方出發吧！乘著風航行，帶上夢想去探險，去發現吧！——**馬克．吐溫**

主動出擊，改變人生

尋找魔力的黃金石

很久以前，埃及亞歷山大圖書館發生了一場火災，所有的書都毀於一旦，只有一本倖免。它是一本講述可以使金屬變成黃金的「魔力黃金石」的書。

有一位年輕人偶然得到此書，他悄悄地來到黑海沿岸尋找那塊具有魔力的石頭。能夠找到這塊石頭的線索只有一個，那就是從外表看它與其他的石頭沒有兩樣，但是握在手中會有一絲的暖意。這位年輕人來到海邊，從早到晚，在黑海沿岸一個一個地摸著那些小石頭。爲了避免摸到同一塊石頭，他把摸起來冰涼的石頭向著面前的黑海扔去。就這樣撿起來，扔出去……同樣的動作到底要重複多少次呢？幾十萬次，還是幾百萬次？

歲月流逝，多少年後的某一天，他像往常一樣來到海邊撿起石頭扔到海裡。在不斷的重複中，當初的目的已漸漸變得模糊，只剩下了機械的動作。這一次，他又像往常一樣把石頭撿起來扔向大海，可手中卻留下了奇妙的溫暖，他感到這塊石頭與至今爲止撿到的冰冷的石頭完全不同。這石頭正是可以使金屬變成黃金的魔力黃金石。他慌忙跳入海中，可是黃金石已經不知不覺地沉入海底，消失得無影無蹤。

在日復一日毫無變化的生活中，我們的思維已變得麻木，即便機會眷顧我們，我們也不懂得把握，把它們棄之不顧，最後幡然醒悟，卻已經後悔莫及。不知道這是不是我們普遍的生存狀態：在單調乏味的生活中，不知不覺我們已經忘記了生存的初衷，漸漸失去了對生活的熱情。即使是面對自己渴望已久的事情時，你可能會用「我又能如何呢？太晚了，就這麼過吧！」諸如此類的話來拒絕變化。單調的生活節奏最終會讓人褪盡思維的鋒芒。只有一件法寶可以為我們的生命注入新的活力，那就是擊碎自身的枷鎖去改變想法。

在渴求變化的人面前，想做的事情多不勝數。「學學這個？」「試試那個？」一旦產生這樣的念頭，就要果斷地付諸行動。為了改變自己的生活，主動出擊！

打開心靈的降落傘

「是啊，我也試試吧！」當這一聲音在心中響起時，前進的方向就在你的面前。選擇前進的方向並做出決定是你自己的事，更是你的權利，你可以向任何人請求幫助或諮詢意見，卻不可以讓他們選擇或操縱你的人生。

長久以來，我們懼怕對自己的選擇負責，決定事情的時候，不是聽從自己內心的聲音而是輕易地遵從他人的決定。我們不自覺地受制於人，鑽進了自己編的故事裡，這時自由美好的人生已經不復存在了。所以從現在開始，讓我們從這種隨意迎合的觀念中擺脫出來。

試著從小處開始改變吧，假如你想穿一件迷你裙，或者藕色的連衣裙，抑或想學性感的肚皮舞，不要因爲他人的目光而放棄，立刻去嘗試吧。嘗試新奇的事情，最初你也許會感到不適應，但是這些細小的事情會給生活帶來多少生氣和活力，只有經歷過才會知道。

如果去旅行，我會把之前沒有嘗試過的事情盡情地嘗試一番，比如說在腰間紋身，穿上一件完全裸露後背的衣服，或是穿上一件性感十足的比基尼。不管怎麼說，挑戰新造型會讓我感覺自己發生了特別的變化，心情也會變得興奮和激動，從而對自己更加自信。

心靈就像降落傘，當它完全打開的時候，就是最能發揮作用的時候。我們在生活中總是期待著能有那麼與眾不同的一天，但又不願付諸行動。其實，我們沒有必要去苦苦等待，或者埋怨自己的人生。只要不畏變化勇敢嘗試，今天就是特別的一天！

出去旅行，第一次接觸異國的文化；高中畢業，突然發現自己已經邁入了成人的行列；從學校的圍牆中走出來踏入社會，忽然被置於新的生活面前——我們常常會在人生的十字路口徘徊。是戴上面具去迎合他人，還是做自己人生的掌舵人，將航船駛向嶄新的世界，這都由你決定。因爲人生的導演是你自己，觀眾也是你自己。

Princess Life
& Travel Tips

* 我的變身指數

經常感到自己做得很漂亮	充電10%
我的外貌沒有變得很醜	充電20%
我也想受到關注	充電50%
有為自己投資的想法	充電70%
有為自己投資的時間和資金	充電100%

現在是為了變身而去行動的時候了。

* 我的成功指數

我是一個想做很多事情的貪心鬼	充電10%
有明確的目標	充電20%
正在瞄準機會	充電50%
經常聽到「很有人緣」這樣的話	充電70%
具有「我什麼都可以做得到」的自信	充電100%

現在是我夢想實現的時候了！

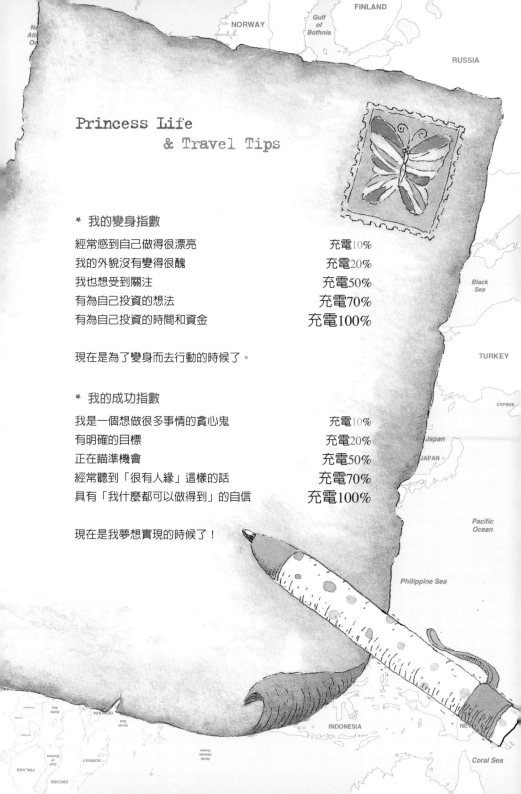

Princess's Wise Saying

嘗試著改變 你就會發現嶄新的自己

那個女孩子認為做出選擇為時過早，但是當她長大成人，意識到想改變什麼的時候卻為時已晚。

——**保羅．科爾賀《薇若妮卡想不開》**

變化是把握社會並且改變社會最強的力量，大部分的人對此都會感到害怕，但擁有智慧的人會張開雙臂迎接它。一個人如果能常常向新事物敞開心扉，將自己的酒杯空出來，總有一天他會到達比想像還高的成功之門。——**羅賓．夏瑪《朱利安與我》**

如果事物停滯不前，或已經結束，抑或不能發展和變化，那該有多麼無聊和乏味啊！

——**丁尼生（英國桂冠詩人）**

這期間給我們帶來損失最大的一句話就是：「到今天我一直都是這麼生活的。」

——**葛麗絲．霍普（COBOL程式語言創始人）**

我想對那些正在成長中的年幼女孩和年輕女性們說，無限機會正出現在妳們眼前。只需要記住一點，樹立的目標有多高，視野就會有多寬，以堅定的決心向著目標邁進，使夢想成為現實，這完完全全由你自己做主。——**特瑞斯克娃（第一位女性太空人）**

所有的事情都來自於心靈深處真實的想法，如果把心靈封閉得緊緊的，心靈的眼睛就無法睜開。——**法正大師**

當一扇新的門被打開時，你每次都這樣說：「我對這個不感興趣，這不是我想要的。」都不屑向門裡面望一下，怎麼知道那不是你想要的呢？但是這樣的質疑沒有絲毫作用。事實上，這是因為人們固有的觀念考慮到這種變化會引起動盪，感到害怕的緣故。

——**保羅．科爾賀《札希爾》**

旅行的本質就是「發現」。當我面對全新的事物時，就會發現全新的自我；當我處於日復一日熟悉的生活中，思維就會一成不變。從日常生活中擺脫出來旅行，這段經歷不僅會成為我們今後美好的回憶，而且會帶來物質和精神上的變化，人就是在不斷的變化中進化而來的。

——**立花隆《思索紀行，我去了這樣的旅行》（日本作家、評論家）**

截然不同的風情須用心去發現

珍惜上蒼給予我們的一切

一天晚上，一群世界名人在一起聚餐，有伊莉莎白・泰勒、李察・波頓、作家杜魯門・卡波特和著名導演約翰・休斯頓等。大家一起圍坐在狹長的餐桌旁，提出一個遊戲：每人輪流說出一個自己認爲的人生中最重要的單詞。按序輪了一圈，這個過程中大家想到最多的單詞是：

美麗、財富、名譽、成功……

輪到了休斯頓。他環顧左右，取下一直叼在嘴裡的雪茄，輕聲說道：

「珍惜——要珍惜上蒼給予我們的一切。」

走下飛機的那一刻，我立刻可以感受到他鄉截然不同的風情：「啊，我正站在一片全新的土地上。」這種以全身心迎接一片新奇世界的感覺奇妙得難以用語言來形容。

從現在開始讓我們珍惜上蒼給予我們的一切，並學會慢慢地享受吧。享受一切因旅行而帶來的陌生感和新鮮感，接受這一切並銘刻在你的記憶中。

這樣，你會在不知不覺間發現自己竟已置身於以前根本無法想像的美妙境地。一直以來，我們總以為自己生活的世界一成不變，其實不然，只是我們的心被生活所麻痹以致忘了去感受周圍世界的變化。

我建議大家，即使去旅行，也要抽出一天左右的時間遠離所有人都必經的景點，去感受一下截然不同的世界。旅行給我們提供了一個探險和體驗新事物的絕佳機會，所以無論如何，請拋棄那些想多看一處所謂名勝古蹟的欲望吧，別人都做的事情並不意味著你也需要去重複。旅行的真正目的不是走馬觀花地看風景，而是用心去體驗。

離開遊客喧囂的地方，離開那些擠滿了現代人的古蹟，也不要到那些收費昂貴卻服務冷淡的景點飯店。到那些安靜的，可以飽覽當地人生活場景的地方去吧，我們或許可以發掘到一間雅致的咖啡屋或一家獨特的小店鋪。試著去找一找那些和你志趣相投的好地方吧，那裡可能蘊藏著你意想不到的風景。

像當地人一樣觀光

第一次去紐約的時候，我忙著去參觀帝國大廈、世貿大廈、大都會博物館之類的地方。但是第二次和第三次去的時候，我開始像個紐約人一樣，享受著這個城市中每一個美妙的細節。

和晨光一起起床，穿上運動服，去紐約中央公園慢跑。然後在西餐廳裡悠閒地吃著早餐，坐在露天咖啡館裡一邊看報紙一邊喝著拿鐵咖啡。我像個道地的紐約人一樣，穿著舒適的運動鞋（他們經常會走很多路，都在包包裡放一雙高跟鞋，必要的時候就拿出來穿上），拎著一瓶水饒有興致地東遊西逛。當你以一個本地人而非一個遊客的眼光走在這個城市的大街小巷，你會更加親近這個城市，會不由自主地去關心你身邊的每個人，甚至一草一木。

去波士頓的時候，我坐在哈佛大學和麻省理工學院周邊的廣場上和大學生們一起欣賞音樂和舞蹈。那些跳著霹靂舞的黑人怎麼看都覺得聰慧過人，他們似乎是上帝的舞者，讓你可以忘卻一切，心隨著那熱烈的舞姿歡呼和跳躍。有時我會去哈佛大學的校園，像個在校生一樣，躺在校園裡柔軟的草地上，享受青草和陽光的味道；或去圖書館漫無目的地看書，只是爲了感受周圍學生的蓬勃朝氣——一種讓你覺得未來可以有無數可能的朝氣。

在旅遊時把自己看成當地人，才不會感覺自己是異鄉客，也才會擁有「走進自己的世界」這樣的美妙感受。

有時我會沒有計畫地亂逛，一次偶然發現了一個叫做「海伊（Hay-on-Wye）」的小鎮，它被譽爲「天下舊書之都」。這個位於英國威爾斯地區的海伊小鎮，彙集了全世界的舊書，它會讓人不由自主地產生長住不走的念頭。海伊小鎮收藏了包括罕見的初版圖書的各種各樣的圖書，四十餘家舊書店林立於此，猶如一幅美麗的畫卷。世界各國的人們來到這個小鎮只爲尋覓需要的圖書。我在意外中發現了這個旅行指南書上都找不到的小鎮，僅這一點就讓我對這個小鎮產生了特別的感情。

當大部分遊客疲於在旅遊勝地奔波的時候，我卻癡迷於別人毫不留意甚至遺忘的角落，享受著只屬於我自己的旅行。

多年之後回首旅程，對於華麗雄偉的高樓記憶變得漸漸模糊，而旅途中與他人的交談以及在無人知道的陌生地方留下的回憶卻日益清晰。

Princess Life
& Travel Tips

* 危機時刻救治你的神奇藥方

Queserssers＝順其自然

C'est la vie＝那就是人生

Ouvre Sésame＝芝麻開門

Obliviate＝忘記一切不愉快

Roopretelcham＝美夢成真

* 為自己的雙眸乾杯

即使欣賞的只是街頭畫家的作品，也能夠發現其價值。

即使對方不開口，也能夠讀出他想要什麼。

它能夠展望未來，

能夠看到遠處的天空和山巒，

能夠看到所愛的人。

我身上沒有任何一處不珍貴，

尤其是那明亮的雙眸。

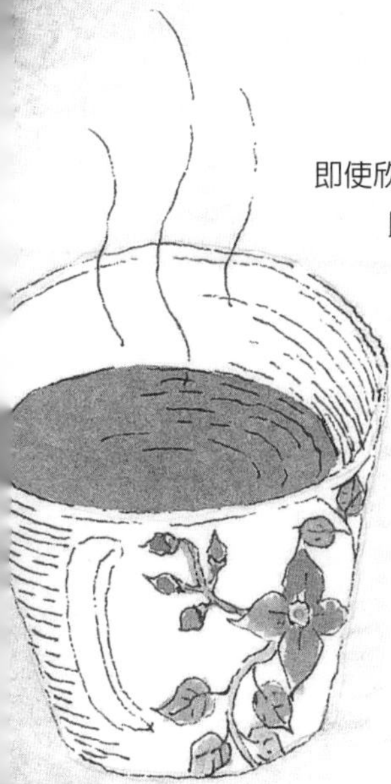

Princess's Wise Saying

在我的人生中
不能只是一味地打呵欠

從我內心深處湧動的，正是我想用一生去經營的東西。——**赫曼・赫塞**

人生的目的在於尋找把我們塑造為不平凡的人的路。——伯尼・西格爾（美國暢銷醫生作家）

我對自己終究還是感到不滿，因此我考慮以新的形式、新的計畫重新開始一切。

——**杜斯妥也夫斯基**

旅行的精彩之處不在於遊覽美麗的風景，而在於帶上清晨的希望和期盼，興致勃勃地出發。

——**路易斯・史蒂文生（英國詩人、小說家）**

「沒有什麼是做不到的」，這才是為了充滿樂趣的人生而喊的口號。——**梅森・庫里**

我為什麼站在這上面，有誰知道理由？
我站在這上面是為了從不同的角度去觀察。
從這上面看去，世界就大大不同。
如果你不相信，就快來試試吧。快點，快點！
你自以為瞭解的事情或許應該再從其他的角度去看看，
即使是錯誤或是傻瓜似的事情也應該去嘗試一次。
——**電影「死去的詩人的世界」**

如果你開始認識到無論是人生的哪個階段都會有新的機遇，那麼變老也不是什麼壞事。
——**莫里斯．謝瓦利埃（法國著名歌手．演員）**

不知道去哪裡的話，就循著心靈的方向出發吧，它就像一條光明大道，每一步都會給你帶來一個新奇的世界，嶄新的自我。——**魯米（蘇菲神祕教派詩人、哲學家）**

就像變幻無常的風浪一樣，在人生的旅程中命運之路難以預測。旅行的成敗取決於旅行者的態度，而不取決於風浪的變化。最近的人們不是在生活，只是在做樣子。

——**威爾科克斯（美國電影導演）**

我看到太多的人盲目地虛度一生。
直到無法再欺騙自己時，就開始埋怨自己的命運。
但是命運到底是什麼？
它是每個人自己創造的。——**高爾基（俄國作家）**

心中沒有法國的話，即使到了法國，你也看不到它。——**沙納漢（法國作家）**

畫可真是個神奇的東西。
人們對於實物從來不會感嘆，
但是當它被描入畫中，
人們就會感嘆它和實物有多像。
——**布萊茲・巴斯卡**

從黑暗中醒來後，要知道自己何時背上行囊再次出發，只有這樣，你才會有新的發現。為了旅行，你必須勇敢地踏出另一個步伐。——**拉姆．達斯（美國當代心靈導師）**

人生中被誤以為真的假鑽石有很多，反之，沒有被認出的真鑽石也非常多。——**泰戈．傑**

人生不會因生活中發生的各種各樣的事情而改變，但會因我們內心深處湧動的想法而變得不同。——**馬克．吐溫**

人生就像一本書，愚蠢的人會匆匆翻過，明智的人會仔細閱讀，因為他們知道這本書只可以閱讀一次。——**桑．帕烏爾**

人生是無止境地學習的過程，世界是充滿誘惑的地方。隨著發現的東西越來越多，就會越來越想發現更多的東西。——**派特麗霞．維內爾斯托姆**

Experience

在生活中領悟人生的眞諦

漫無止境的特別經歷

十八、十九世紀英國貴族子女教育的最後一個階段是參加「歐洲大陸巡迴旅行」（Grand Tour）。孩子和家庭教師一起用一到兩年的時間在國外旅行，學習外語、瞭解異國文化，體驗特別的經歷從而變得成熟穩重。不同於今天舒適的團體觀光，那些孩子除了要面對布滿四處的荊棘，還要面對蟲叮蛇咬。即使當地的飲食不合口味也要強忍著嚥下去。在羅馬，旅行的孩子爲了過冬，要翻越險峻的阿爾卑斯山脈，這使得旅行的艱險達到了頂峰。經歷了這樣的旅行，當他們再次回到家時，不但勇氣倍增，擁有了在學校永遠無法獲得的豐富經驗，同時也擁有了國際化的思維方式。

經歷——就是生存的意義！沒有什麼比從旅行中得到的經驗更特別的了。平時無法嘗試的事情你都可以試一次，比如：穿上露肚裝在人跡罕至的沙灘上跑步，或是在閃耀著綠寶石色澤的海水中與海豚和小魚們一起游泳……不用在意別人的眼光，更不必有任何罪惡感，在一個陌生的環境裡，可以盡情享受旅行帶給你的新體驗。

如果全心投入，你會發現旅行眞正的樂趣。你可以在某天早點起床，去當地人常去的早市，那些帶著露水的新鮮蔬菜和水果都會告訴你，當地人平凡而富有活力的一天從這裡開始。你可以提一只菜籃，買一些只有當地才產的新鮮水果，還可以在路邊的小攤上吃早點。這一切都會爲你一天的行程拉開朝氣蓬勃的序幕。

像其他人一樣，到美國就要去百老匯，到澳大利亞就要去歌劇院，去聆聽一場音樂劇或是歌劇。那麼請在這一天換掉拖鞋和短褲盡情地打扮自己吧。

幾年前，背包旅行還被看作是年輕的象徵。但是現在旅行的方式卻大相逕庭。在機場，你會發現比起那些背包族，手中拖著行李箱四處走動，並發出「噔噔噔」高跟鞋聲音的時尚登機旅客更多。

人們經常會選擇把行李寄存，穿上漂亮的衣服和鞋子，輕鬆地去旅行。如果你是一個背包族，那麼除了在背包裡面放進一件T恤之外，還要記得帶上去看演出和去酒吧時換的衣服。如果你是行李箱族，那你可以去嘗試更加時尚的旅行。

今天，讓我們換上迷人的晚禮服和高跟鞋，一邊聽著爵士樂，一邊品嘗雞尾酒，開始體驗特別的旅行吧！

經歷才是真正的收穫

在拉斯維加斯有一座全美第二高塔，共一〇八層，在最上層頂部設有自由落體和雲霄飛車。你能想像那是怎樣一種驚心動魄的場景嗎？在比韓國最高的六十三層大廈還要高出一倍的高空上，居然設有自由落體和雲霄飛車！以前的我「死也不去坐自由落體」，如今的我覺得「現在不坐，更待何時」。隨後，被朋友們連拖帶拉了上去。我緊閉雙眼，一邊瑟瑟發抖，一邊開始背誦祈禱文的時候，自由落體「嗖」地一聲飛了上去。

「Wow, It's amazing.」在朋友們大聲的怪叫聲中，我睜開了眼睛，世界上用電量最多的城市——拉斯維加斯的全景展現在我眼前。成千上百萬的燈光密密麻麻地聚集在一起，呈現出一片無與倫比的壯麗景象。天啊，哪裡還會有這麼美的地方呢？我停止了呼吸，不是因爲恐懼而是因爲美麗。此刻我的心情就像坐著銀河列車999在環遊整個銀河系一樣。那瞬間的感覺，讓我發現語言的貧瘠和文字的蒼白，窮盡世間的辭彙可能都無法表達那種震撼和感動。

在美國加州拉古娜沙灘，有一間麗思卡爾頓酒店。該酒店的健身房建在懸崖峭壁上，正面是落地玻璃，當你在跑步機上鍛鍊的時候，眼前呈現的只有大海和天空，感覺就像在大海上奔跑。那種體驗怎麼能用語言來表達呢？在生活中，語言或文字與經歷比起來，很多時候都顯得那麼蒼白無力。

是否想過暫且放下手中似乎永遠忙不完的事情，抬頭看看周圍那些熟悉卻從未注意的事物：那嬌綠的剛抽芽的柳葉，那雛鳥清脆的叫聲……你看到、聽到了嗎？甚至還有那溫暖明媚的陽光，你的肌膚感受到了嗎？

此時，我正在普吉島上寫這篇文章。陽光從椰子樹葉縫隙中透出，和著含苞待放的薰衣草濃郁的香氣，讓人迷醉。

經歷後的收穫會永記心中，這些都將眞正屬於你。

Princess Life & Travel Tips

* 如何讓自己成為漂亮女人？

為了更加自信，我將微笑面對一切。
為了自己，我將無拘無束，變得單純。
為了我的夢想，我將變得聰慧、誠實和謙虛。
為了這個社會，我將變得正直、親切和友善。
為了更加幸福，我將注意身體健康和感謝所擁有的一切。
為了愛和被愛，我將忍耐、理解和寬容。

這樣我將成為漂亮女人，
成為漂亮女兒、漂亮妻子、漂亮母親，
進而成為漂亮的人！

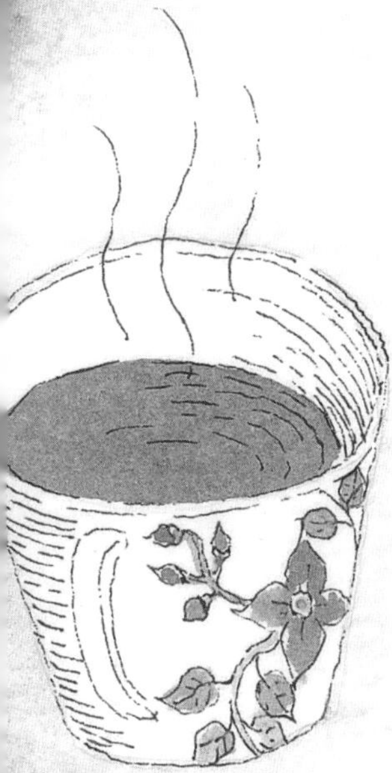

* 我想成為這樣的女人

我想成為耀眼的女人，
不靠華麗的外衣，
而靠由內而外散發出的自信。
我想成為智慧的女人，
可以與人高談政治、經濟又富有幽默感，
並且心地善良。
我想成為可愛的女人，
知道誰是自己生命中最重要的人，
並且給予他無限的愛。

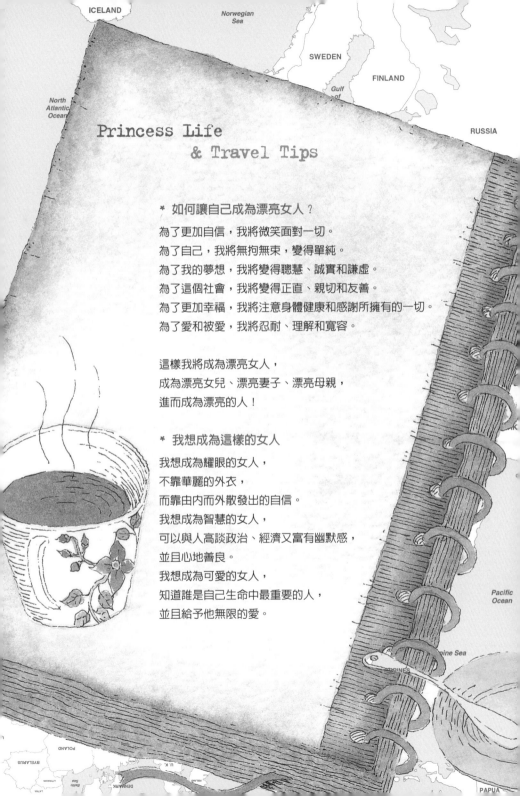

Princess's Wise Saying

每個瞬間的經驗
都將作爲一生的珍寶來收藏

經驗猶如每日的清晨，透過它可以掀開未知世界的神祕面紗。閱歷豐富者比算命先生知之更多。

——**達文西**

最長壽的人不是年紀最大的人，而是經驗最豐富的人。——**盧梭**

想要發掘人生中的寶藏，別無他路，只有鑽進深邃的洞穴之中。前行的道路上我們會跌倒，在跌倒的地方我們找到了渴望已久的寶藏。——**喬瑟夫．坎伯（當代神話學大師）**

我們怎能虛度自己的青春？哪怕只有一瞬間耀眼的璀璨，我們也要為之燃燒。就這樣，直到化作一撮白色灰燼；就這樣，徹底燃燒至最後一刻，毫不後悔。——**千葉徹彌《小拳王》**

創造力是指從以往的經驗中推斷出新事物的能力。有些人之所以創意無窮就是因為他們比別人閱歷豐富，或者他們善於從經歷過的事情中汲取經驗。——**史蒂夫．賈伯斯**

如果我們的經驗可以出售的話，每個人都能成為百萬富翁。——**馬丁．范布倫（美國第八任總統）**

人生是有意義、有目的、有價值的。在你人生中經歷的每一絲痛苦都不會白白忍受，每一滴眼淚，每一滴鮮血都不會白流。——**小林龍司《僅一次的人生，我想這樣活》**

說過的話會忘記，看過的事也會變得模糊。然而親身經歷過的事情，你一定會記憶猶新。

——**印第安格言**

Free

在廣袤的世界裡自由翱翔

像天空一樣自由

有一次我跟七歲的姪女惠彬一起散步，那天的天空特別地蔚藍明淨。望著湛藍的天空，惠彬忽然張開雙臂，圍著我跑了起來說：「如果天空是我家就好了。」

看著揮動雙臂像蝴蝶一樣跑來跑去的惠彬，不知爲什麼，我感受到了一種從未有過的自由。

在一份「人們最喜歡什麼顏色」的調查問卷中，第一名的是天空的顏色，第二名是白色，第三名是綠色，其實這三種顏色都是天空所蘊含的顏色。

我總喜歡用相機記錄世界各國的天空，它們是如此讓我著迷。

每每看到天空和白雲，就會有一種想飛的衝動，渴望像天空中的鳥那樣自由飛翔……李海仁修女曾經說過「在天空中尋找希望」，而我則在天空中尋找自由。

自由並不都在遠方。偶爾有一天，沒有鬧鐘，可以睡到自然醒；吃自己想吃的食物，不用擔心身體的健康和體重。即便在平凡的生活中，自由也無處不在。

如果可以，從早到晚什麼都不做，只是坐在地板上讀一直以來想讀的書，或在滂沱大雨的日子裡，靠在床上，然後來一盤泡菜餅……

這樣的情景，只是想想，都會讓人如釋重負。

很多極其平凡的事物都能讓我感受到自由的存在：登山和騎車，站在戶外感受漫天的鵝毛大雪，還有沐浴在溫暖而又耀眼的陽光中。

自由存在於日常的幸福中，也存在於無憂無慮的旅途中。就像無論何時何地只要你抬起頭，就能看到的藍天那樣簡單，也像靜靜流淌的江水那樣平淡。

我們總是呆呆地坐在房間裡，抱怨自己的生活中有如此多的束縛；總是透過模糊的玻璃猜想著窗外美妙的自由。那麼爲什麼不走出去，親身感受一下你內心渴望已久的自由呢？如果永遠把自己關在屋子裡，你就會變得愈加煩躁，一輩子總在自怨自艾中憧憬著窗外的世界。

而只有當你置身於窗外的世界中時，你才會知道感謝窗內看似狹小的空間給予你的安樂和舒適。

聽從心的召喚

不要把旅行安排得如同工作日程，不要加入太多行程，更不要把旅行和觀光畫等號。

讓你的旅行聽從心的安排，隨意地行走，走累了就稍作休息，休息完了再繼續前行；如果突然懷念剛剛看過的風景，又何妨折回去……

還可以用一天的時間，租一輛車子沿著海濱公路飛馳。酷酷的太陽眼鏡、飄逸的絲巾，駕著敞篷跑車在海濱公路上飛馳的身影……你是否連作夢都沒有想過呢？

我和我的朋友們都夢想著有一天能像電影「末路狂花」的主角那樣開著汽車漫無目的地旅行。於是一拿到駕駛執照，我們就租了輛車子踏上旅程。我們四個人中雖然有兩個人在韓國考取了駕照，但全都從未開車上路，我和另外一位朋友則是在旅行出發的前一天剛剛把駕照拿到手。我們出發後，牧師每天都會在做禮拜的時候爲我們四人單獨做禱告。

一次魯莽而盲目的旅行就這樣開始了！

不管怎樣，我們終於闖過各種難關前行。在返程路上，方向盤交到了我的手中。因爲想去洗手間，我就把車開到了休息站，迅速上完廁所後又開車飛馳了一兩個小時。後來副駕駛位子上的朋友想去洗手間，我們又去了最近的一個休息站。

從車上下來，突然發現車上包括我只有三個人。四人旅行怎麼只剩三個了？我們開始感到有些慌張，趕緊看手機，發現有很多未接來電。

正在這時電話鈴又響了，是教會的執事，他說茱蒂在休息站。大家都很驚訝爲什麼茱蒂會在那裡。原來我去休息站的時候茱蒂也去了洗手間，我卻不知道，上車後就直接出發了。我們急忙地趕回那裡，而茱蒂在牆角已經哭得筋疲力盡了。一個人被扔在荒郊野外，內心一定無比恐懼，一想到這，我們四個人又哭作一團。

這是人生中最魯莽但也是最有意思的一次旅行。因爲我們第一次經歷了眞正的自由旅行——把音響開到最大，伴著音樂大聲唱歌；躺在如茵的草坪上，沐浴著陽光午睡；在半夜的深山中，仰望著浩瀚星空……這些獨一無二的經歷將成爲我們心中永遠揮之不去的記憶，我們每每想到這些，嘴角都會不經意地浮現出微笑。

Princess Life & Travel Tips

＊ 天作之合

說起春天就會想起花，
說起海邊就會想起比基尼，
說起雨就會想起彩虹，
說起秋天就會想起落葉，
說起耶誕節就會想起聖誕老人，
同樣，
說起旅行就會想起自由。

＊ 彩虹旅行

與其焦急不如鎮定，
與其浮躁不安不如保持沉默，
與其費盡心機不如無所用心，
讓我們帶上一雙明亮的眼睛去旅行。
嘗試一下突破自我的風格，
脫去襤褸的衣衫，換上整潔的面容，
讓我們創造像寶石一樣閃亮的人生。

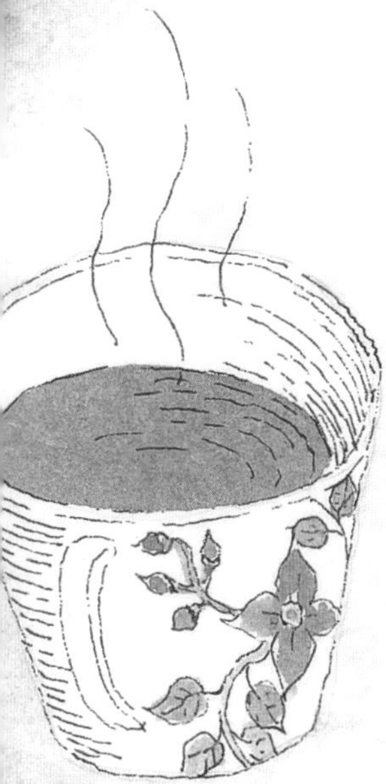

Princess's Wise Saying

仰望窗外的藍天
享受片刻的自由

自由是我們每個人內心深處的樂土。——**雨果**

我漫無目的四處流浪，每當想到要在什麼地方安頓下來，我就會胸口悶得慌；我想駕一葉方舟四處漂流，像流水一樣不在任何地方駐足，就這樣靜靜地躺在小舟上數著雲，讀著書……

——**電影《拜託我的貓》**

人類的自由並不在於可以做自己想做的事情，而是可以不做自己不想做的事情。——**盧梭**

按照自己獨有的方式來生活，這並非是利己主義；強迫別人按照自己的方式來生活才是真正的利己主義。——**王爾德（英國劇作家）**

幸福就像一隻小小的青鳥，抓得住它才可能獲得它。切記要輕輕地、慢慢地，只有讓它感受到自由，它才會在你的手中停留。——**黑貝爾（德國劇作家）**

我知道自己一無所有，可是不受束縛的暢想為我的靈魂插上了自由的翅膀；無處不在的幸運使我領略到了充滿歡樂的每個瞬間。——**歌德**

讓我們獲得自由吧。從自己這，從他人那，從這個時刻就開始。——**艾迪．墨菲**

我嚮往的生活其實很簡單。我喜歡放聲歌唱，盡情歡笑，隨心所欲地漫步，享受獨處的時光和觀察世間萬物。我喜歡飛行，推敲文字，簡單地回答問題——對或是錯。我喜歡用真誠的心去傾聽，用虔誠的心去傾訴。每一朵鮮花，每一顆果實，每一株野草，都讓我感到滿足。

——**普特南（當代美國哲學家）**

人即使不偉大也可以享有自由。但一個人如果不享有自由絕不可能變得偉大。

——**紀伯倫《可以給的愛很少》**

關於自由，最最錯誤的看法就是認為擺脫了障礙就可以獲得自由。
——艾倫·狄波頓（英國暢銷作家）

自由不是用來買賣的，而是根據自己的要求賦予自己的東西。——塞涅加（古羅馬哲學家）

畫一隻青鳥，要留白來畫一片藍天。——李外秀《宣紙》

開始執著的那一瞬間你將失去自由。——《經集》

向著心靈呼喚的方向前行吧，那麼一切將得到滿足。不再有是非之爭，不再有非分之想。如果偏離了心靈的航線，那麼賜予你的一切都將不再真實。——米奇·艾爾邦（美國暢銷作家）

你的意志是自由的。當它選擇了荒野時，它是自由的，當它選擇了橫越荒野的大路時，它是自由的，當它選擇了隨心所欲地遊走時，它是自由的。但當你的意志告訴你，你不得不穿過荒野，這時的你將不再自由。——卡夫卡

我的夢想是在一個陌生的城市裡隱居。所以，就算耳熟能詳的東西，如果有人娓娓道來的話，我也會像初次聽到那樣，靜靜地聆聽那些有識之士高談闊論，不發表任何意見。

——**讓．格雷尼耶《島》**

自由是一棵樹，一旦發芽就會迅速成長。——**喬治．華盛頓**

我愛他們，那些擁有自由靈魂與自由心靈的人們。——**尼采**

自由意味著責任，這也正是大多數人畏懼它的原因。——**蕭伯納**

成為BOBOS精英一族

擁有中產階級(Bourgeois)物質上的豐饒和波希米亞人(Bohemian)精神上的自由，是新資訊時代的精英分子，有自己獨特的消費理念，思維活躍，並且引領社會潮流。

自娛自樂，為了人生的精彩和幸福而生活。雖然每個人都有成功的神話，屬於高收入的白領階級，但是與雅痞族(YUP，縮自Young, Urban, Professional ，指都市中具有專業技術，收入高，生活優適的年輕男女)相比，BOBOS族不會為了炫耀自己而揮霍無度，致力於自我價值的實現或是文化修養和藝術品味的提升。也就是說，無論你多麼富有，如果沒有知識、教養和品味，那麼你就算不上真正的BOBOS族。

Chapter 2

如果你這樣看世界……

Gate

敞開你的心靈之門

向旅行高手學習

曾經，有人對生活在南美河流中的水虎魚進行實驗：先把水虎魚放在水槽中養上幾天，幾天後，在水槽的正中間放上一塊透明的玻璃，把水槽一分爲二。水虎魚每次都撞在透明的玻璃上，無法再往前游。水虎魚頻繁地嘗試，可是每次只會感到撞擊的疼痛。隨著時間的流逝，水虎魚漸漸熟悉了水槽的環境，牠們認爲無論如何都無法穿過玻璃板游到更遠的地方。不久之後，當實驗人員拿掉玻璃板，水虎魚也不再像以前那樣自由地游來游去，每次游到水槽的中間位置，牠們就自動地往回游。

我們是不是在不知不覺中變得越來越像水虎魚？在生活中遇到幾次挫折就死心了：「沒辦法，我命該如此。」

我曾問過很多在旅途中遇到的人：你爲什麼旅行？很多人的回答是一樣的，就是想從單調的生活中擺脫出來，哪怕只有一次。早晨起床、洗頭髮、化妝、然後上班……隨著時間的流逝，人會變得越來越麻木淡漠，無意識、習慣性的生活讓人感到窒息，喘不過氣，於是他們會像渴求新鮮的空氣一樣渴望著旅行。雖然會很辛苦，但他們依然會選擇走出去。因爲只有來到和機械單調的日常生活完全不同的世界，他們才能重新感受血液的流動和生命的活力。在旅行中汲取能量，然後精力充沛地投入到生活中，當感到力不從心的時候，會再次出發。正像這句話——「去過的人還會再去」所說的那樣，第一次坐飛機出國會有些困難，但出去過的人就會想盡辦法再去旅行。有些人爲了休息，選擇旅行。但是如果爲了擺脫過去停滯的生活，開始新的人生，那麼沒有什麼比旅行更好的了。當人們從旅行中歸來，會更堅定地面向人生，大步前行。

很多時候生活會讓我們感到吃力和乏味，讓我們試著暫時擺脫吧。雖然這好像是一種從苦痛的現實中逃跑的行徑，但這卻是忘記從前，重新開始的第一步。

韓菲從小夢想著環遊世界，於是受兒時夢想驅使，她用了七年時間環遊了整個世界。旅行讓她得以重繪自己人生的地圖，她對世界上所有的女人這樣說道：「我看過很多女人，她們埋怨社會，抱怨環境，最終一事無成。人是沒有經過打磨的原石，最終成爲一塊石頭還是變成寶石，取決於自己的選擇。不知道自己想要什麼的時候，就去旅行，那種沒有朋友陪伴的、獨自一人的旅行……」

那並不是爲了逃避現在的生活，而是在現實生活中無法繼續前行的時候，爲了更好地開始新生活而進行的旅行，凱旋歸來之後，我們會再次全心地投入新的生活。

路是走出來的

在蘇格蘭出生的英國傳教士利文斯頓在信中寫道，他穿過了沒有道路的叢林到達了非洲內陸的小村莊，也就是他想傳教的地方。倫敦教會收到信後，回信說如果能修一條到達非洲內陸小村子的路，他們可以派更多的傳教士過去。利文斯頓看後給教會又寫了一封信，內容如下：

「這裡不需要有路才來的人，需要那些即使沒有路也會來的人。」

通往成功的路任何時候都在修建中，任何人面對著正在修建的陌生道路都會猶豫不決。但是不管什麼事情，第一個敢於嘗試的人一定會成功。人生也是如此，只有那些面對陌生的道路，依然可以鼓起勇氣邁出步伐的人，才能開始嶄新的人生。

如果決定走一條新的道路，那麼請在上路之前把自己的背包好好地收拾一番。我指的是你內心的「背包」。把這次旅行中打算治癒的傷口放在背包的最深處，同時帶上對新事物的好奇以及結交新朋友的期待。把只會增加你背包的重量，使你的肩膀疼痛不已的「擔心」、「畏懼」、「不安」等從背包中果斷地扔出去，帶上「一切都會好」的自信和希望，開始旅行吧！

「開始」這個詞包含了激動、好奇、期待和畏懼等意思，同時也意味著積極接受新事物，不畏懼冒險的決心。在你下定決心的瞬間，畏懼就隨之蒸發了，那時才是眞正的開始。清除從前所有的一切，在心裡放入嶄新的人生吧。

當你決心站在大門外的時候，就已經在心中告別了過去；當你站在門外的瞬間，則向世界宣告你已經向嶄新的人生邁出了第一步。

Princess Life
& Travel Tips

* 名詞

愛情，美麗，親切，自信，感謝
謙虛，等待，健康，自由，高興
悠閒，率直，智慧，誠實，潔淨
寬容，和平，溫暖，傾聽，告白
關懷，和諧，理解，奉獻，賢明

* 在世界上的某個地方，我想留下的字跡（不是塗鴉）

旋轉的世界

我的名字

無悔的旅行

重新書寫的歷史

我有一個夢

我不是孤單一人

擁有這個地方

媽媽，爸爸，我愛你們

我相信我的願望都會實現

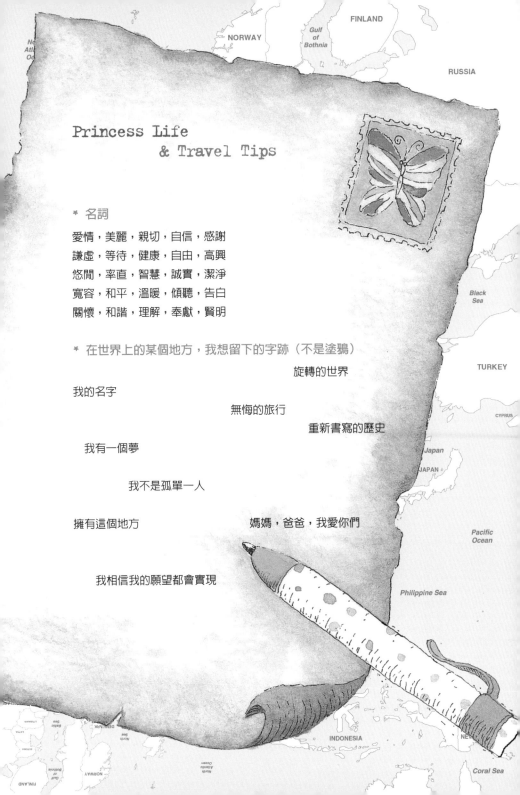

Princess's Wise Saying

好，讓我們向著嶄新的世界與命運展翅飛翔

走出家門就意味著你跨出了漫漫旅程中最艱難的一步。——**荷蘭格言**

儘管蛋殼曾是鳥兒的整個世界，但是牠仍要破殼才能誕生。要獲得新生，不打破舊世界是不行的。——**赫曼．赫塞**

很多人提前為自己建好寬廣的跑道，如果我是那個人，就會馬上起飛。

——**阿梅莉亞．埃爾哈特（第一位橫渡大西洋的女飛行員）**

雖然沒有人可以回到過去重新出發，但每個人都可以把握現在創造新的未來。

——**卡爾．巴特（新正統神學之父）**

有志者事竟成，這種信念是你開始主宰自己人生的唯一出發點。——**瑪麗．愛麗絲．科勒（健康飲食養生書作家）**

幸運並不等同於機會，機會是我們向著未來邁出堅實的第一步，而幸運則是隨之而來的意外驚喜。——**譚恩美**

人做什麼事情都一樣，剛剛開始的時候最膽小也最勇敢。——**吉田修一**

放手並非放棄，而是繼續前行；放手並非在人生的路途中駐足，而是向著更好的方向邁進；放手只是我們追夢途中方向的調整。——**勞爾夫．鮑茨《想離開的時候就離開吧》**

在這個世界上有這樣一群人，無論身處何地他們都懂得尋找快樂，離開的時候也懂得把這分快樂留給別人。——**費柏**

請到懸崖邊上來，不去，我怕。
請到懸崖邊上來，不去，我也許會掉下去。
快到懸崖邊上來吧，他們去了，他推了他們，而他們飛了起來。——**阿波里奈爾（法國詩人）**

Healing

做自己心靈的治療師

真正能治癒心靈傷口的是自己

一個有裂縫的甕，主人因爲它裂了縫而且又占地方，於是經常斥責它：「用你裝水，水會漏一半，你實在是沒什麼用處。」最後主人把它扔掉了。因爲有了裂縫，自己的人生便結束了。想到這，甕便放聲大哭。後來村子裡的小孩發現了這個被拋棄的甕，用它裝水打起了水仗。雖然仍然會漏很多水，但是孩子們一點也不介意。甕於是非常感謝這些珍惜它的孩子。

有一天，舊主人拿著一個新甕從這只有裂縫的甕面前走過。雖然以前主人很疼愛自己，但想到他的無情，甕就轉過頭去。這時候，新甕嘲笑道：「裂了縫的甕也算是個甕嗎？」這句話深深地刺痛了裂縫甕的心。它認爲自己眞的是個廢物，下定決心要逃到沒有人的地方。正在這時，四周的花兒對甕說：「甕啊，你並不是一無是處，你看看這裡盛開的花兒們，這些花兒、草兒都是喝著你流出的水長大的，如果沒有你就沒有我們，眞的很感謝你。」

甕很吃驚，回頭看去，茫茫田野上竟然滿是盛開的花朵。

不要因爲一個人曾經犯下的錯誤而否定他的全部價值，也許是一時的失誤，也許是當時實在走投無路。痛苦、失望、悲傷、離別……所有的一切，都是爲了讓人們知道什麼是完全的幸福而存在。所有的苦痛都有它存在的價值，不要因此抹殺生命的意義。

無須自責，更不要因爲挫折而一蹶不振。也許你會認爲「只有我是冤枉的」，認爲上天不公，爲什麼「我是犧牲者」，爲什麼受傷的總是我？其實上天永遠是公平的，不幸和幸福總是結伴而行。不要在怨恨、悲傷和痛苦中耗盡自己的一生。如果有一天你已經習慣於接受傷害，那麼不妨靜下心來想想到底是什麼給我們帶來了傷害。你會發現一切並不像你原來想像的那麼糟糕，生活並沒有將你拋棄。即便你的生活中遭遇父母離異，或是父親嗜酒成性，抑或是意外的變故，也不要被傷害和挫折任意擺布，最終成爲犧牲者。

德蕾莎修女曾經說過：最難以忍受的痛苦是孤獨和被遺棄的感覺，以及認爲自己一無是處。這些想法只會給自己帶來傷痛。

即便殘酷的現實給你帶來了巨大的痛苦，你也一定要以百倍的信心和勇氣去超越自我，展望未來。我們雖然期待有人來治癒心中的傷口，但是眞正可以治癒傷口的卻只有我們自己。請不要繼續惡化傷口，敞開你的心扉吧，終有一天你會從傷痛中解脫出來，重獲自由。

我人生的香氣

旅行最重要的目的之一就是治癒傷口。在寫作的過程中，我收到了很多讀者的電子郵件。讓我吃驚的是，很多人感到現實生活很艱辛，甚至因此產生了自殺的想法。詩人安貞玉曾說：「如果你失去了什麼，或是陷入絕望，或是想自殺，請你先停下來，擦乾眼淚，去機場吧。」如果沒有錢的話，即使借錢，也要去一個距離有十個小時路程的國家，在途中你將會明白生命的可貴。自殺是一種極不負責的行爲，因爲它將傷害最愛你的人以及你自己的心。

這個世界上最香的香水原液提取於巴爾幹山脈中開放的玫瑰花。但是生產者說巴爾幹山脈的玫瑰花要在最冷最黑暗的子時採摘，因爲只有在這個時候才能提取到最香醇的原料。我們知道，一天中最黑暗的時刻正是日出之前。當你被生活的艱辛壓得無法喘息，想放棄一切的時候，你要告訴自己，此刻正是人生中最珍貴的香氣散發的瞬間。現在是日出之前最黑暗的時刻，苦痛和絕望馬上就要過去，太陽即將升起，一切都將迎刃而解——應該這樣安慰自己挺過這個瞬間。從前認爲無論如何也無法抹去的傷口，日後會漸漸模糊，甚至連傷疤也一起慢慢消失了。

現在全世界都在關注心靈治療，因此人們對於冥想的關心度也有所提高。爲了生活得更加幸福和安寧，你應該試著冥想。每天用片刻的時間閉上眼睛，回顧過去，暢想未來……

在這次旅行途中，讓我們透過獨立思考來淨化靈魂吧！讓我們試著在清晨或是傍晚，坐在房間裡，閉上眼睛，集中精力感受自己的呼吸，從而忘卻傷痛。不知不覺中你會感到心中升起一絲靜謐安詳之感。

眞心地希望你在這次爲了自己而出發的旅途中，撫平傷口，重獲新生。

Princess Life
& Travel Tips

* 作為旅行者的權利

享受自由的權利、偷懶的權利、不受打擾的權利
享受穿比基尼的權利、獨自旅行的權利
享受盡情想像和作夢的權利、不用掩飾的權利
享受遵循內心最深處的指示旅行的權利

您是一位擁有以上所有特權的旅行者。

* 作為旅行者的義務

理解旅遊國家文化的義務、遵守該國法律的義務
照顧好自己身體的義務、擺脫恐懼的義務
寬容的義務，在旅程中不斷學習的義務
尊重他人的義務，知道自己該何時離開的義務

這就是旅行者享受權利之前應該履行的義務。

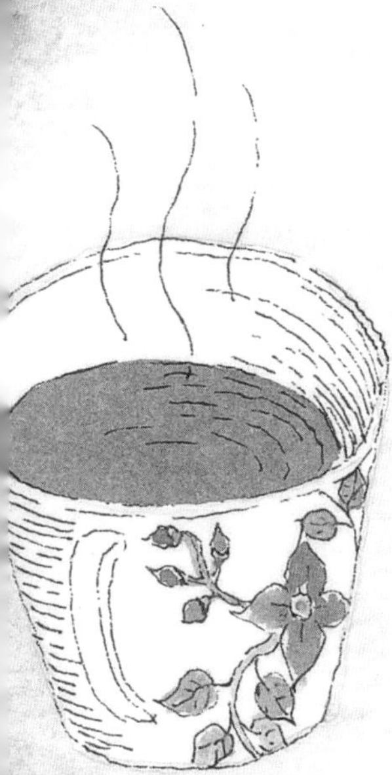

Princess's Wise Saying

痛苦之所以蕩然無存
是因爲不再心存怨恨

痊癒並不代表傷口不存在了，而是指傷口已經無法再影響我們的人生。——**卡爾．拉森（瑞典畫家）**

被關上的心靈之門只有在裡面才能打開。——**羅伯特．傑佛瑞．斯坦伯格（美國心理學家）**

放下沉重的包袱吧。在輕鬆的狀態之下事情才可以做好，而你也可以承擔起這個世界的全部。——**奧修**

罪惡之感也好，悲慘淒涼之情也罷，輾轉反覆的煩惱都留給別人吧。——珍．奧斯汀

當你全心地漫步，感受著腳底下那一片大地的時候；當你和朋友喝著一杯淡茶，深深地體會著這分友情的時候，你是在為自己療傷。治療的效果甚至可以擴大到整個世界。受的傷越深，我們治癒傷痛的本領就越強。從那些過去的傷痛中我們學會用心去體會去洞察一切，進而幫助我們的朋友和這個世界。——**釋一行（當代著名禪師）**

這是多麼悲傷的事情啊，對自己喪失誠信這等事都覺得無所謂，草草了之，但是卻為丟了五美元捶胸頓足。——**齊克果**

竹子是空心的，節節相連，因此能夠茁壯成長。現在的磨練是為了塑造一個個竹節，更是為了能更好地成長，所以請像竹子一樣淨化自己的心靈。——**成哲僧人**

不要害怕哭泣，淚水可以清洗心靈上的創口。——**印第安霍皮族格言**

我們每個人都在經歷著痛苦與悲傷。悲傷教會我們成長。希望你能在悲傷中找到治癒傷口的力量。——**米奇．艾爾邦**

有一句話一定要對你說，現在不是流行治癒嗎？它並不是要治癒傷口，而是要從它開始獲得自由。——**村上龍**

誰都無法說出過去的你和現在的你之間有什麼關聯，誰都無法說清楚地獄般的鬱悶和孤獨的感受。——**史蒂芬・金**

只要你下定決心不再接受傷害，那麼誰也無法傷害到你。——**甘地**

當以自我為中心的時候，我們會覺得內心空虛，迫切地渴望有誰可以來填補。當命運中的他出現，對他賦予全部的愛時，我們的傷口也將被治癒。——**凱西**

無論用什麼辦法，發現自己的不足並且承認它的存在，這是很需要勇氣的。——**胡佛**

如果遇到什麼事情讓你傷心痛苦，請這樣想吧：現在發生的事情以後還會發生，不只我一個人，別人也會經歷這些。或者這樣想吧：這種事情今天不是第一次發生，以前也發生過，只不過是忘記了或者沒在意。請把這些事情作為人生的一次磨練，勇敢地面對吧。鋼鐵就是這樣煉成的，越在熊熊烈火之中燃燒就越發堅韌。經過現在的洗禮你將會變得更加堅強。

——**夏爾古斯丁（法國文藝批評家、作家）**

彼此治癒傷口最好的辦法就是相互傾聽。——**蕾貝卡．鮑爾茨**

Invitation

欣然接受世界的邀請

生活不要太過拘謹

在天國，已經過世的人每年都聚在一起，開一次全體會議。那時候最幽默的一句話是：「我活著的時候太拘謹了。」現在我們所苦悶所擔心的事情，當我們到天國的時候再去回顧，會覺得是多麼可笑啊。

我們生活得如此艱難，每日為生存忙碌，要做的事永遠沒有盡頭。每天面對的事情複雜如麻，新的資訊鋪天蓋地，甚至與人交往的時候，還要去察言觀色，一切都讓人覺得身心俱疲。

為什麼我們不按照自己的想法去做事，喜歡就說喜歡，討厭就說討厭，元氣十足地說話，率真地生活。有時候面對複雜的情況，會有很多想法纏繞在心頭，這時候我會想，為什麼不讓生活過得更簡單一些。明天的人生是不可知的，也許我的人生會被他人改變，也許在不知不覺中我也會改變他人的人生。面對正在改變的，抑或是已經改變了的人生，爲什麼不活得更灑脫一些？

踏上旅途，讓我們盡情地享受沒有煩惱的歡樂吧！

在旅途中，我們常常會接到來自陌生地方的邀請。「我不熟悉這個」「這不是我喜歡的」「這樣怎麼行」……千萬不要計較，讓我們簡單率性地一起沉醉於當地的文化吧。很多遊客爲了省錢，只吃速食漢堡，這是最不明智的旅行。人生中不知道是否還有這樣的機會，比起省錢，嘗嘗這個國家的飲食，享受這個國家的文化是更爲有益的投資。一部分韓國遊客在外國尋找韓國料理，遠渡重洋來到異國，只是吃很貴的本國料理，想想都覺得可笑。試著去品嘗當地飲食的美妙之處吧，不要先入爲主地斷定它們不合胃口。我最初也不喜歡越南、泰國和印度的飲食，但現在會特意去品嘗這些料理。想成爲眞正的國際主義者，就要親身去體驗異域的文化。

接受陌生文化的邀請

到達印尼的那天，一位印尼朋友到機場接我，出機場後我們第一件事就是去找吃的東西。朋友問我想吃什麼，我說想按照印尼人的飲食習慣用手抓飯吃。半夜裡只有那些破舊的路邊攤還在營業，走進屋裡，有些人一邊彈吉他一邊唱歌（這些人靠在路邊攤賣藝為生），有些人剛剛結束工作來這裡喝酒，熱鬧非凡。

我很希望自己能盡快融入當地的文化。光著腳丫走路的服務生端來一碗酸橙汁，我們一行五人，可是只夠裝四杯。我把其中一杯給了印尼的朋友，並跟同來的韓國朋友惠貞用韓語說：「這杯我們一起喝吧。」為了緩和尷尬的氣氛，顯示我完全接受這個國家文化的決心，我將那只盛滿酸橙汁的漂亮大碗端起來，「咕嚕咕嚕」地喝了幾大口，然後「嗤嗤」地笑起來。這時候周圍的吉他聲突然停止，上菜的服務生和眼前的印尼朋友都傻了眼。

呵呵，跟我以前在電視上看到的那些荒唐舉動一樣，原來我喝的是洗手水。偷偷地環顧四周，我看到服務生正在用一模一樣的碗在一個盛滿髒水的大桶裡舀水。酸橙汁留給我的回憶一輩子都不會忘記。

去東南亞旅行過的人大概都知道這麼一句話：絕對不可以喝生水。東南亞國家的水質很差，人們只能喝買來的礦泉水。甚至很多人連刷牙也用礦泉水。不管怎樣，由於事發突然，我的那些朋友都十分吃驚和無奈，愣了半天，好久都沒有說出一句話來。我呢，則是強壓住胃裡翻湧的嘔吐感，強作笑顏。

在印尼停留期間，每次跟朋友家人一起吃飯的時候，他們都會開我的玩笑，問我想不想來一碗酸橙汁。大部分喝錯水的人都會因爲腹瀉而受罪，我則倖免於難。這麼多年來，最讓我慶幸的是，無論去哪個國家都沒受苦。坐幾十個小時的車，從來沒有暈過；喝了受污染的水也安然無恙。

是的，這不就是簡單的生活嗎？沒有必要處處斤斤計較，讓生活中碰到的各種狀況順其自然吧。今後，我還會愉快地接受陌生文化的邀請，即便鬧點小笑話也不在乎。

Princess Life
& Travel Tips

＊ 我的幸福指數

以激動的心情開始新的一天	充電10%
有所期待	充電20%
有在清晨4 點可以通電話的朋友	充電50%
有喜歡的人	充電70%
經常會有「啊，真幸福」的想法	充電100%

沒有比這更幸福的人了。

＊ 我的微笑指數

別人說我微笑時很漂亮	充電10%
一天至少放聲大笑一次	充電20%
與家人、戀人、朋友一起放聲大笑	充電50%
聽到風吹落葉的聲音都會微笑	充電70%
聽很冷又無聊的笑話時也會笑	充電100%

我的人生將永遠充滿歡笑！

Princess's Wise Saying

我想找一個陌生的地方
充實快樂地度過每一天

請簡單一些吧！只有這樣你才有閒暇去感受那些之前一直被你漠視的，無法用金錢買到的，給你的人生帶來全新意義的東西。——**勞爾夫．鮑茨**

雖然有人夢想著完美，但完美本身猶如死亡，毫無價值。完美不就是意味著毫無變化，沒有色彩嗎？具有完美的同時你也失去了個性。——**皮特．優司提諾夫**

別把什麼事情都看得太沉重了，變得沉重並非接近真實。——**村上春樹**

人生就像一場戲劇，優秀的演員可以成為乞丐，三流演員也可以扮演貴族，總之不要把人生看得太沉重，凡事盡力而為就足夠了。——**福澤諭吉（日本著名思想家、教育家）**

生活真正的答案往往簡單明瞭，為什麼我們要活得那麼複雜和辛苦呢？——Pepe神父

這也不對，那也不對，其實長時間的斟酌對問題的解決毫無益處。無論何事，比起猶豫不決來說，在時機尚未成熟時就開始著手去做才是更好的選擇。——西方格言

每當該回答「不是」的時候，很多人因為畏懼會發生的狀況而勉強回答了「是」。想要活得簡單就要堂堂正正地回答「不是」。——J．傑貝雷特

人生教導我要活得單純，活得簡單。——艾德．貝格利（美國著名影星，倡導環保運動）

完美主義者會在整首詩完全毀壞之前，對每行詩句的措辭反覆斟酌；在整張紙磨破之前，對畫像裡的每根線條一改再改；會忙於修改劇本的第一章，以致無法順利地進行下一章的寫作。完美主義者會看著觀眾的眼色寫作或者畫畫。完美主義者不會享受工作的過程而是一味權衡結果。他能走到哪裡去呢？他什麼地方也去不了。——茱莉亞．凱美倫

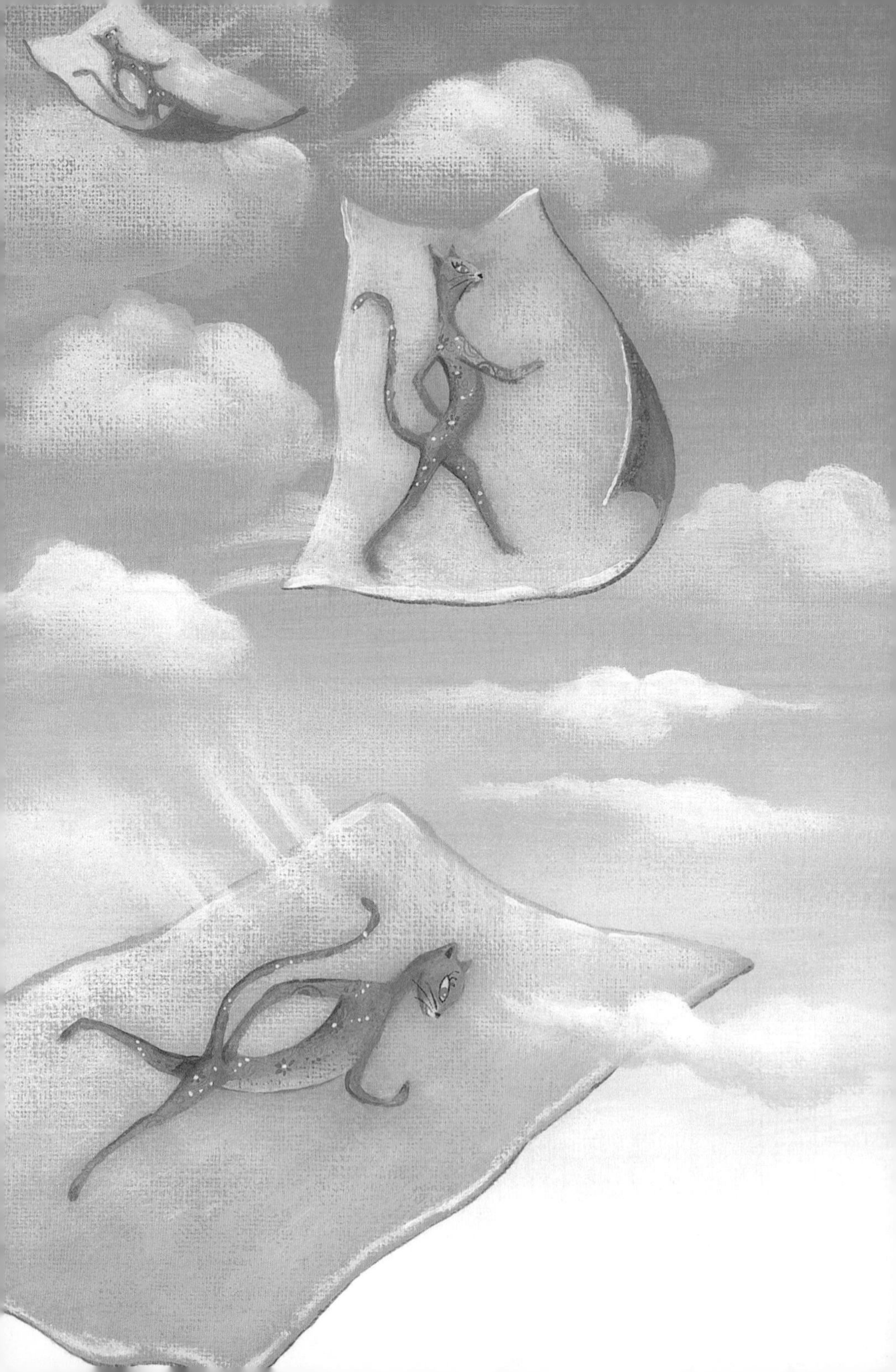

Journey

在幸福快樂中享受旅行

唯一不能重複的是時間

在古巴旅行，途經某地，那裡正在舉行慶典活動，我被人拉了進去一起跳舞。古巴人在酒足飯飽之後，身子會隨著音樂情不自禁地舞動起來。在某種程度上，我似乎已經熟悉了這種文化，身體僵硬的我竟也跟著一起扭動起來。我被古巴音樂深深吸引，忘情地跳了好久。忽然想起應該去趕火車了，於是趕緊停止舞步，準備去拿行李離開。可是我突然對自己的行爲感到奇怪：「我爲什麼要停下舞步呢？此時此刻我是多麼開心，爲什麼要捨棄這樣的開心而被某種東西所束縛呢？」於是我又放下行李，再度投入到慶典中。周圍的景色全被染成了棕色，我就像進入了電影中的某個片段一樣在廣場上熱情地舞蹈。我陶醉於這種氛圍，在盡情享受之後乘上了晚間的列車。只是晚了幾個小時而已，去目的地的計畫並沒有改變，而我卻收穫了一份快樂的禮物。

更幸運的是，我在這趟晚些的列車上遇到了珍貴的朋友。

在這列火車上，我被安插在一個六口之家的車廂裡。即使不跟他們在一起也已經夠熱，我想這回可要受罪了，甚至開始後悔錯過了該坐的火車。我想睡覺或許會好些，於是閉上了眼睛。但是有個十一、二歲的小男孩總愛找我搭話，奇怪的是這個小傢伙說話的時候，總是伴有手語。

我不明白這個孩子爲什麼會這樣，便開始觀察他的家人。他所有的家人也一樣，一邊說話一邊打著手語。再仔細看這個小孩，我才發現他耳朵上戴著助聽器。爲了這個有聽覺障礙的小孩子，全家人都使用手語。父母使用手語也就罷了，那幾位看起來還不到十歲的孩子們也用他們的小手向哥哥費力地比劃著說話。他們的樣子眞是太可愛了。孩子們在吃飯的時候，在把叉子放下前，一直伴有手語。即便在開玩笑的時候，手語也沒有停止。他們用這種方式照顧著哥哥，不讓哥哥有被疏離的感覺。全家人這種十分自然的舉動，看起來眞的很美好，這個在全家人的愛中成長的小孩眞是幸福。想到這些，我心中湧起一股暖流。

不知不覺中我也加入了他們的對話，接著玩起牌來（我讓最小的孩子克雷斯幫我做手語翻譯，他用那小手慢慢地、認眞地翻譯，此刻我眞的好想念他），這段經歷讓我留下了美好而珍貴的回憶。

我非常喜歡坐火車旅行。毫無計畫地乘火車去旅行大概是每個人都想嘗試的，也是最可能實現的旅行。看著窗外流逝的風景，可以陷入沉思，也可以收穫像邂逅克雷斯一家人那樣珍貴而特別的相遇。雖然新的相遇在哪裡都有可能，但火車裡的相遇總有些特別。因爲坐火車的人心中都期待旅行能帶來一些傳奇色彩，他們會產生這樣的想法：「我正離開這裡，駛向一個未知的世界。」

不管怎麼樣，如果在古巴廣場停止跳舞而去趕火車的話，我絕對不可能遇到克雷斯一家，更不會收穫如此感動的瞬間。

我終於明白：能夠擁有「現在」，我就很幸福。

小時候習慣說「考上大學的話……」，成爲大學生後習慣說「找到工作的話……」，之後就會說「結婚的話……」「生活壓力少一點的話……」，就這樣一直向前看，卻放棄了「現在」。

當歲月流逝後再回顧往昔，心中只會泛起無盡的遺憾，一切都已經過去，醒悟的同時也開始後悔。

加拿大文學家里柯克曾說過，「人生存在於你所經歷的生活中，每天每時每分每秒的生活都是人生。」

看看窗外吧，外面的世界風和日麗，生機盎然，而我們正有幸生活在其中。無論哪一個瞬間都有可能成爲永恆。停下你匆忙的腳步，聞聞路邊的花香，聽聽路邊某個商店裡傳來的音樂。去傾聽、去感受這世間的萬事萬物，你將會有意想不到的收穫。

讓我們盡情去享受生命中的每一分每一秒吧，去享受這永不會重來的每個瞬間。

旅行是人生最好的導師，它教會我什麼才是眞正的幸福。

Princess Life
& Travel Tips

* 旅行者資質認證

以下問題中如果有五個以上肯定的答案，那麼你是一個喜歡旅行的人，也是一個具有國際觀的人。

1· 偶爾會突然想一個人去旅行。
2· 經常在書店的旅行專欄處徘徊，並且喜歡看旅行隨筆。
3· 在個人網頁的相冊中有旅行文件夾。
4· 對於在海外拍攝的電影感興趣。
5· 正在為了旅行而存錢。
6· 正在累積機票里程數。
7· 正在學習外語。
8· 特意去品嘗泰國、越南、印度等外國料理。
9· 經常跟朋友說想去旅行。
10. 認為投資旅行不是件奢侈的事情。
11. 經常翻看旅行時拍的照片，懷念旅行時光。
12. 只要在電視或書上看到以前曾經去過的國家，就會感到激動和興奮。
13. 希望與家人一起去海外旅行。
14. 現在想體驗一下獨自旅行。
15. 夢想在旅行中有意外的邂逅。

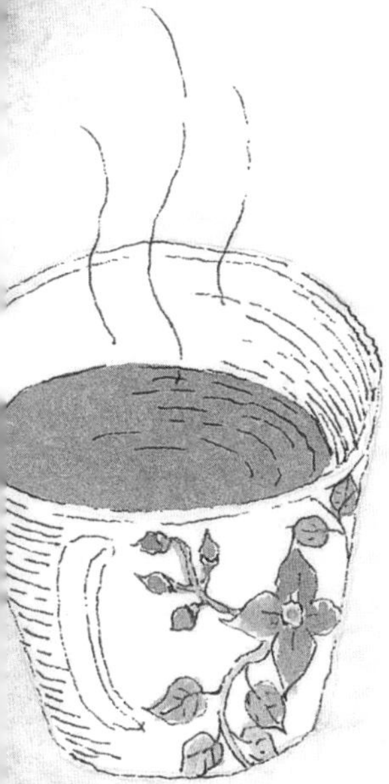

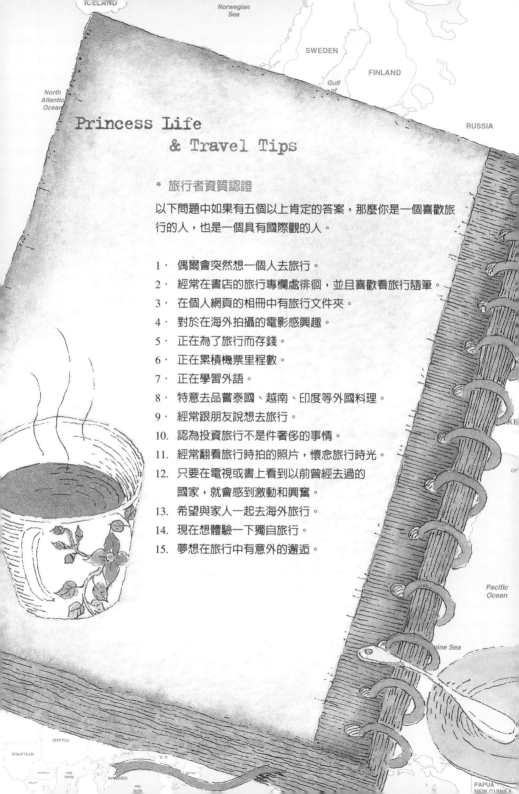

Princess's Wise Saying

不用等最適合的時候 從這一刻開始享受吧

看看那美麗的天空，把它深深地印在腦海裡吧，也許再也沒有機會看到這樣的天空了。

——**珍娜·霍金斯（蘿拉·布希的母親）**

如果無法享受洗碗的快樂，一心只想著快點結束去吃甜點的話，那麼你吃甜點的時候也不會快樂，因為你可能手裡拿著叉子，心裡卻忙著計畫接下來該做什麼，這樣是無法品嘗出甜點真正的味道的。就這樣，你一心計畫未來卻錯過了眼前的快樂。——**釋一行**

人是為了活得幸福而來到這個世界上。不是從明天開始幸福生活，而是從這一瞬間開始。瞬間相連變成了永恆。——**叔本華**

為何有人到哪裡都活得那麼從容呢？因為每天都可能是人生中的最後一天。失去的時間將永遠逝去。為何有人對自己應做的事情不竭盡全力，而總是這樣日復一日呢？

——**馬克斯．繆勒（德國文學家、東方學家）**

活著的時候無論誰都無法脫離這個世界，所以這一瞬間就是我們活著、學習、關心、分享、祝福，還有去愛的時刻。——**里奧．巴士卡力（著名演說家、作家）**

叔叔，我發現快樂的祕訣了。那就是活在現在。不要悔恨過去，也不要期待未來，而是在現在這一刻做最棒的自己。——**珍．韋伯斯特《長腿叔叔》**

每天像登山一樣地活著吧，慢慢地，堅持不懈地攀登，還要記得欣賞每一瞬間擦肩而過的景色。你終究會在某個瞬間發現自己已經屹立於山頂，也就是在那一刻，你將感受到人生旅程中最大的快樂。——**邁爾切特**

真正的幸福並非遙不可及，其實就在眼前。但令人惋惜的是人們常常忽視這一刻的幸福。每天的生活就像爬山，偶爾望望山頂將使你時刻記著自己的目標；每一個新的視角都能看到許多迷人的風景；慢慢往上爬，享受攀登過程中的每一分鐘。只有這樣，到達山頂時你看到的才是整個旅程中最美的風景。——**佛朗索瓦．勒洛爾（法國著名心理學家）**

Kingdom

建造只屬於自己的快樂王國

有我在的地方就是樂園

細數人們做的最愚蠢的事情，有如下幾件：

爲了拚命賺錢失去了健康，繼而爲了恢復健康花掉了所有賺來的錢。

感到自己被愛束縛很可憐，獲得自由後卻因沒有人來約束自己，又感到可憐了。

總是說只要拿到這個資格證明後，就怎麼怎麼樣，總是說考試一結束，我就去讀喜歡的書，可是當一切眞的結束後卻什麼都不想做了。

一輩子緊緊抓著賺來的錢，捨不得爲自己花上一分，就這樣直到死去；

享受幸福的時刻是現在這一瞬間，但卻有人想把幸福儲存起來然後一次花掉。

這是多麼簡單的道理啊，不幸常常是由於感到不滿足，而幸福常常是由於知足。幸福是與生俱來的一種習慣，把這種叫做幸福的習慣積累到一定程度，就會創造出只屬於自己的快樂王國。今天就讓我們來創造那個只屬於自己的美麗又幸福的王國吧！不要用相機，用你的眼睛和心靈去拍攝整個世界——綠色的樹葉，牽著媽媽的手蹣跚學步的小孩，剛剛結束一天的生意要收工的老奶奶……不要記在你的相本中，試著記在心裡。

偶爾疲憊的時候，閉上眼睛，心中收藏的照片就會一張張浮現出來，讓你想起那時那刻的場景。這些記在心裡的場景將伴你一生，一輩子都不會忘記。

有一次，我拿著一個假期打工賺來的錢，跟朋友一起去斐濟旅行。我們住在便宜的汽車旅館中，甚至每頓飯都用拉麵來解決，但是既然來到了這裡就一定要坐一下能夠遊覽這個美麗島嶼的「克魯茲」船。登上甲板的時候我感到異常的興奮，爲了記錄每一個瞬間，我一刻也沒有放下手中的照相機。我們不斷地忙於攝影。

克魯茲船上有各種各樣的人，其中有一對從澳大利亞來的、大約五十歲的夫婦。我跟他們攀談起來，得知他們來這裡是爲了慶祝結婚三十周年紀念日。

我一邊照相一邊跟他們說：「這個島嶼眞是太美了，不照幾張相嗎？我幫你們照幾張吧。」他們慈祥地笑著回答：「沒關係，我們都記在心裡了。」他們說得是那麼地自然，這句話卻久久地在我心中難以忘懷……

恍然間我明白了一個道理：是啊，重要的是旅行這一刻，而不是從早到晚不停地拍攝。雖說爲了今後留念攝影很重要，但是在所有事情中，旅行時收穫的感動才是最重要的。所以我收起了照相機，像那對夫婦那樣開始用心記錄風景。

離開鏡頭，呈現在我眼前的世界開始變得不同。我看到一對大約八十歲的夫婦，他們手牽著手並肩坐在椅子上欣賞風景；看到斐濟原住民們熱情地彈奏吉他；還看到約定白首偕老的新婚夫婦，滿臉幸福的神情……

以前總是用相機記錄旅遊勝地或者覺得美麗的風景，神奇的是，當我開始用眼睛和心靈記錄的時候，這個世界呈現出異樣的色彩。世界不再只是一個部分，而是作爲一個整體呈現在我的眼前，整個世界就成爲我的攝影對象。

我曾經聽說在埃及有一位盲人攝影家，他是這個世界上唯一一位盲人攝影家。他說自己是用第六感在攝影，他擁有其他人看不到的靈魂的眼睛。他閉上眼睛用靈魂攝影，而我則睜開眼睛用靈魂來攝影。

從那之後，只有遇到眞正想拍的場面或風景我才會用照相機拍攝（自己一個人旅行時，乾脆連照相機都不帶），旅行期間我用眼睛盡情地享受所有的風景。

我爲自己的選擇喝采。開心地欣賞呈現在眼前的世界。

像尋寶那樣，去尋找世界早已爲我準備好的幸福。

Princess's Wise Saying

像郊遊的孩子那樣享受人生吧

人生是最美麗的童話。——**安徒生**

人生有些時候是殘酷的，但起碼我們明白了它是充滿誘惑和活力的。我要徹底地享受人生，即使一隻耳朵聽到的是嘆息之聲，另一隻也總能聽到歌聲。——**肖恩．奧凱西（愛爾蘭劇作家）**

努力去尋求幸福，把握幸福，這就是人生。——**托爾斯泰**

活著真好，雖然有時候會抓狂、絕望、無比悲慘、痛不欲生，但現在經歷過這一切的我仍然堅強地活著，我確信僅此一點就已夠偉大。——**阿嘉莎．克利絲蒂**

我們的人生就像沒有終點的旅行，這場旅行有時好，有時壞，有時滿懷希望，有時險象環生，就這樣一直輾轉反覆，永無止境。但這仍是一次愉快的旅行。——**紀堯姆．創巴里波切**

我們人生的品質不是與來到這個世界的時間成正比的，而是與我們享受到的快樂成正比。

——**梭羅**

活著，一邊欣賞一邊漫步……這一切的一切都是奇蹟。我恍然頓悟，原來始於奇蹟亦止於奇蹟，就是人生的方式。——**阿圖爾．魯賓斯坦**

要在第一時間抓住快樂。因為準備，特別是愚蠢的準備而錯過幸福的例子太多了。

——**珍．奧斯汀**

讓我們舒緩緊張的神經，保持理性，享受自然吧。幸福整天轉來轉去，現在它正從鄰居的籬笆上悄悄地爬過來。——**哈克．霍根（職業摔角者）**

從這一刻開始感受幸福吧。一杯濃濃的咖啡，一片烤得恰到好處的麵包，麥浪翻滾的金色稻田，美麗的夕陽，讚美你的話語……不要為了尋找金條而為自己設定各種規則，這樣會使自己疲憊不堪，會讓生活索然無味。請開始為你眼前的小金沙而感到幸福吧。——**馬薩．梅里．馬果**

用心去看，一切都會變得清晰，最重要的東西往往用肉眼看不見。——**聖．修伯里《小王子》**

幸福沒有隱藏，而是我們不曾用心去感受；幸福沒有消失，而是我們不會欣賞。很多人就是這樣錯過了擺在自己眼前、屬於自己的那分幸福。——**W．費特**

睜開心靈的眼睛，去體會人生路途上的一切。不要用成功與否來衡量你的幸福，去享受人生旅程的整個過程吧。到時幸福就是你的人生旅途。——**韋恩．W．戴爾（知名演說家、潛能開發作家）**

比起滋養自己的心靈，人們更加關心如何獲得財富。但我們要知道幸福並非是身外之物，它根植於我們的內心。——**叔本華**

幸福源於懂得感悟生活，懂得自由簡單的思考，懂得挑戰生活，懂得成為別人需要的人的那種決心。——**詹姆斯**

要擁有幸福，首先要學會享受它的方法。——**M．費賴爾**

幸福有三種原則：第一，去做一些事情；第二，去愛別人；第三，對事情充滿希望。——**康德**

幸福不會無緣無故地降臨在誰的身上。我們夢想過，失望過，再次重拾夢想的瞬間，說不定幸福已經向我們張開了雙臂。當我們領悟到這一切的時候，我們將不再隨風飄零。

——**拉布呂耶爾（法國作家）**

太陽升起的時候我從被窩裡爬起來，幸福；我在馬路上散步，幸福；我見到了父母，幸福；我穿過樹林與山丘，幸福。徘徊於山谷，讀書，放鬆；在院子裡蒔花弄草，摘水果，做家務……幸福像小尾巴一樣總是跟著我。我明白了幸福不在設定的框裡，而是老老實實根植在我的身體裡。——**羅素**

成爲S.I.M.P.L.E.簡單生活一族

在競爭激烈的人生中，懂得享受悠閒時光(Slow)，知道人生中真正重要（Important）的是什麼，具有非常現代（Modern）的氣質，懂得享受現在（Present）的每一個瞬間，同時也知道生活中「放下（Less）」的重要性，勇於嘗試（Experience）任何新事物，喜歡享受簡單的生活。

Chapter 3

如果你這樣看世界……

Let It Be

放手過去，展望未來

將痛苦撒向湖泊

失業，

傾家蕩產，

信任的人背叛了自己，

被所愛的人拋棄……

男人覺得活著本身就是一種痛苦，他認爲自己已經失去了人生所有的希望，決心結束痛苦的一生。他來到山上的一棵樹下，掛上了繩子……

一直在一旁默默注視這一切的僧人對他說：「請你馬上拿一杯水來！」他愣住了，不知道僧人爲什麼讓自己這樣做。他滿臉疑惑地拿來一杯水遞給僧人。僧人從包裹裡拿出一把鹽放在杯子裡讓他喝，他喝了一口，整張臉都皺了起來。

僧人問：「味道怎麼樣？」

「很鹹。」

僧人又帶他來到山下的一片湖水旁，然後又抓了一把鹽放在他的手裡，讓他撒入湖中。然後僧人舀了一杯水讓他喝：「味道怎麼樣？」

「很涼爽。」

「有鹽的味道嗎？」

「沒有。」

僧人笑了：「你的人生中什麼都沒有丟失，它們不過是回到了原來的位置。人生的苦痛與純淨的鹽一樣，但是味道的鹹淡會因碗的大小而不同。如果你正處在痛苦中，不要將痛苦放入杯中，請撒向湖泊吧，湖泊會沖淡你的痛苦，讓你開始新的人生。」

我們曾經千百次爲過去的苦痛而備受折磨。時光流逝，當有一天我們回顧那些曾以爲永不會痊癒的傷口時，它們已經在不知不覺中和時間一起消失殆盡了。因此，不要爲過去所累，更不要讓苦痛磨滅你對生活的希望。

美國劇作家亞瑟・米勒曾說過，背負著過去的人猶如在腳上綁著鐵球。囚徒不僅指那些犯罪的人，那些被苦痛所束縛的人同樣也是囚徒。我們能否理直氣壯地說自己的人生毫無牽絆呢？回首過去，我們是不是曾經在自己腳上繫上鐵球，甚至給自己戴上枷鎖？那樣的生活是否痛苦？現實是否讓我們絕望？我們又是否因爲這一切而在寂靜的午夜哀號？

學會放手

幾年前，我和朋友都曾經非常痛苦。

朋友因爲與相愛的人分手而痛苦，而我因爲執迷於某件失敗的事情而痛苦。我和朋友決定一起到美國西部地區去旅行——美國人冥想的時候都喜歡選擇那裡。據說那裡有一種叫做渦旋（Vortex）的氣體可以治癒心靈的創傷。

旅行開始了，車子在沙漠中飛馳，我們放聲痛哭。

成年人很少哭，所以有太多的眼淚沉積在心裡，而我們似乎要徹底清除這些沉積，不想再強忍淚水。

到達塞多納（Sedona）後，我們住了下來。面對自己悲傷的感情，我和朋友都很茫然。

第二天我們準備去拉斯維加斯。在出發前，我們去一家小餐館吃早點。那是一家經常能在西部電影裡看到的小餐館，陳舊得彷彿已經有幾百年歷史，但是在那裡你卻能感到溫暖的氣息。

飯後，我們一邊喝咖啡，一邊欣賞塞多納的風景，突然耳邊傳來了披頭四的〈Let it be〉。

這首歌我曾經聽了上百遍，但此時聽來卻格外感動，不知不覺淚流滿面。

And when the broken hearted people
Living in the world agree
There will be an answer
Let it be
Let it be
Let it be

世上所有心碎的人們，
都會得到一個答案。

讓它去吧。
讓它去吧。
讓它去吧。

在不斷反覆的歌詞中，我幡然醒悟。是的，我一直被過去所束縛，卻忽視了現在，忽視了讓我得以呼吸的精彩的現在。

曾經，我被周圍人的偏見所束縛，去附和著他們而生活，以至於忘記了自己生活的初衷。此刻，我因過去的痛苦而悲傷……但現在所有這一切都已經過去了，我應該放手去擁抱現在……

保羅．麥卡尼在悲傷困苦的日子中夢見了媽媽，媽媽這樣告訴他：「就這麼讓它去吧。」於是從夢中醒來後，保羅跑到鋼琴前，僅用了幾個小時就完成了一首曲子，那就是〈Let it be〉。此刻聽著這首歌，我的心彷彿飛翔在空中，變得輕鬆起來。

這一瞬間我明白了，很多時候生活會讓我們感到沉重，對於已經無法挽回的事情，應該學會放手，只有這樣你才能像羽毛那樣，自由而輕盈地飛向藍天。

Princess's Wise Saying

不要再因任何牽絆而備受折磨，現在就放手吧
不管是愛情，還是事業

如果有什麼讓你覺得不滿，有什麼讓你疲憊不堪，那麼請勇敢地放手吧。因為只有在自由的時候，你才能找到具有真正創造力的自我。——**蒂娜．透納**

我喜歡冷靜的頭腦，因為它可以帶給我清晰、平靜、明快……我不喜歡醜陋的心靈，因為它會使我迷戀、固執、懶惰和悲哀。醜陋的心靈會讓夜幕悄悄降臨。——**江國香織**

當你能夠平心靜氣，放棄執拗的時候，喜悅就會油然而生，而此刻對於人生中每個平凡的瞬間，在心中亦會升起感激之情。——**電影〈美國心玫瑰情〉**

旅行的好處在於，透過無數的過程，我們懂得了扔掉不必要的東西，從而精簡行李的數量。

——洪恩澤《騎車環遊美國》

為學日益，為道日損，損之又損，以至於無為，無為而無不為。——老子

如果放在心裡會覺得難過，那麼請微笑著放手吧！——克莉絲蒂娜．羅塞蒂（英國著名女詩人）

忘記過去，為自己創造新的歷史吧，過去只會成為一種負擔。——保羅．科爾賀

拆掉通向過去的橋樑吧，沒了回轉的餘地，就只能繼續向前。——南森（挪威探險家）

如果不再執著，那麼你將成為這個世界上最富有的人。——賽凡提斯

忽然明白自己應該做什麼事情了，這就是智慧。——威廉．詹姆斯（美國心理學家、哲學家）

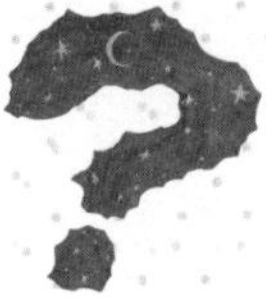

Memory

請珍愛原來的自己

魔咒就是你自己

在山丘上有一棵蘋果樹，從來沒有人在意它，關心它。蘋果樹感到很失落。

「沒有人喜歡我，我是個沒用的傢伙。」

蘋果樹開始討厭所有的事，連給蘋果輸送養分都感到厭煩。於是，樹漸漸枯萎。

有一天，一位遊子在蘋果樹蔭下休息。他飢腸轆轆，就摘了個蘋果吃，並且又帶了幾個在路上吃。看著這位遊子吃得如此津津有味，蘋果樹很開心：「也許我的果實非常甜美可口，人們只是還不知道我的價值罷了。是的，我完全具備被人愛的價值。」

於是蘋果樹開始關愛自己，逐漸變得自信起來。蘋果樹日益潤澤，結出了讓人垂涎欲滴的果實，也灑下一片涼爽的綠蔭。

一段時間以後，蘋果樹下聚集了很多人——讀書的人、睡懶覺的人、踢球的人等等，就這樣，蘋果樹得到了人們的關愛，成爲這個小村莊一道美麗的風景。

「請珍愛自己吧！」每次聽到這句話時我都感到很棒。學著跟自己戀愛吧，讓我們嘗試著自己一個人看電影，吃一頓奢侈的大餐，在特別的日子給自己買件禮物。

如果與自己一起度過的時間都無法快樂的話，那麼與其他任何人一起就更無法找到快樂了。

經常有人把愛自己與利己主義混爲一談，其實這兩者完全不同。利己主義者並不是眞正地愛自己，而是在憎惡自己。看起來似乎是爲了自己，實際上是一種缺乏自信的表現。

如果不是自私自利，而是眞正地愛自己，那麼就可以說他已經收穫了這個世界一半的幸福。

從現在起，不要抱怨自己擁有得太少，也不要埋怨自己的缺點太多，爲了獲得那一半的幸福，讓我們一起努力。

你是否在尋找那個能讓你成爲特別的人的魔咒呢？

那魔咒就是你自己。

給自己買份禮物吧

今天在回家的路上我想給自己買一件特別的禮物。不需要很貴重，我只想給自己買一本書、一件小飾品，或一些花。如果是在旅途中的話，那麼，那個國家的傳統木偶玩具，或是在海灘上發現的漂亮貝殼也都是很好的禮物。就當是「買給自己的第一件禮物」或是「順利完成目標的紀念」，給禮物賦予諸如此類的意義送給自己。

如果發現了從未見過的花，那就用自己的名字去命名吧，這樣會另有一番情趣。捧著它，或者把它插在辦公室裡，會帶來一天的好心情。這是爲自己而選的花，拿著它的那一刻該是多麼地開心和幸福。這種感覺，沒有經歷過的人是無法體會的。

我上大學時曾遇到這樣一件事。

那是在某個暑假，我去加拿大魁北克省旅行。雖然魁北克位於加拿大，但是那裡不講英語，所有居民都講法語，城市本身也極具歐洲風格，是一座很美麗的城市，大街小巷遍布著各種漂亮的咖啡館。

我的生日正好會在旅行途中度過。爲了給自己買件特別的生日禮物，我逛了好久。後來發現了一間叫做「JULY」的漂亮花店，我走了進去。可能是因爲在夏天出生的緣故，我特別喜歡夏天，因此這個叫「JULY」的花店不知不覺吸引了我。

花店裡只有一個老太太靜靜地坐在輪椅上，到底買哪種花好呢？花都很漂亮，我拿不定主意。於是，我問老太太：「您最喜歡什麼花？」她抬頭看了我一眼，輕聲說：「薰衣草。」我說那就幫我包一束吧。她開心地笑了，選了一束薰衣草，並精心地包裝好，然後對我說：「薰衣草的花語是『請回答我心之所想』。如果把它送給一個人，一定會從他那裡得到你期盼的回答。」

我付了錢，從花店裡走出來，忽然想：「爲什麼不把這束花送給花店的老太太呢？」於是我轉身走進花店，把花放在她的手上，「您是花店主人，但似乎沒有機會收到花吧。」她一愣，隨即綻放出燦爛的笑容。

離開魁北克的時候，我又路過了那家花店。從計程車裡可以看到在花店的門上掛著一個盛滿玫瑰的花籃，上面寫著：「It's for you!」我知道那是只有一面之緣的老太太送給我的花。雖然老太太坐在輪椅上給花澆水的身影在腦海中漸漸遠去，但是她欣喜的笑容卻變得越來越清晰。

沒有什麼比老太太那欣喜的笑容更好的答案了。現在，每當我聞到薰衣草的味道時，都會想起魁北克花店裡的老太太。

Princess Life & Travel Tips

* I Love You

I Inspire warmth 給予對方溫暖

L Listen to each other 傾聽彼此的心聲

O Open your heart 敞開你的心扉

V Value your opinion 尊重你的意見

E Express your trust 表達你的信任

Y Yield to good sense 聽從有益的建議

O Overlook mistake 寬容對方的錯誤

U Understand difference 理解雙方的不同之處

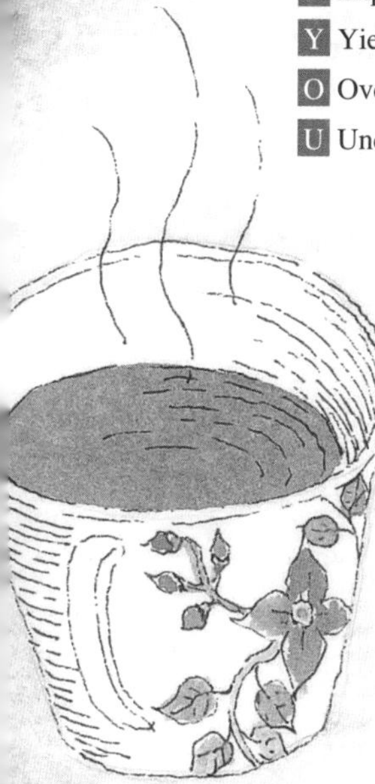

* 世界各國男人的告白

法國「你是我的小白菜，每晚我都夢到你。」

德國「我情願一輩子吻你留下的腳印。」

日本「你願意每天早晨為我煮味噌湯嗎？」

中國「我願意成為你的奴隸。」

立陶宛「我願意被你這朵玫瑰刺傷。」

烏茲別克「我對你的愛，像天上的
星星那麼多，像你的髮絲那麼多。」

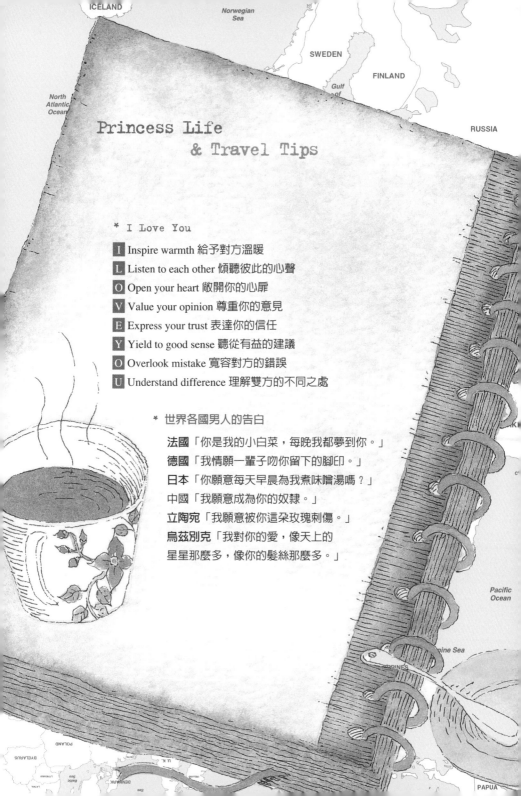

Princess's Wise Saying

其實你是個很特別的人

常常帶著一顆尊重自己的心去生活是很不容易的事情，我們瞭解這一點。然而包容自己，認清自己的價值，由此來增強自己的自信心，這始終要靠我們自己。——**葛妮絲．派特蘿**

女人們，瞭解自身的價值吧。瞭解自己就是彰顯自己的捷徑。——**繆西婭．比安奇（Prada總裁）**

人一生中所珍藏的祕密就是，一個人如果連自己都照顧不好，他是無法真心實意地幫助別人的。——**愛默生**

對自己微笑，這是人生在世要學習的一種很重要的能力。——**凱薩琳．曼斯菲爾德（英國作家）**

你認為自己是誰呢？超級明星？嗯，非常正確。所以我們每個人都無比耀眼，像太陽、星星、月亮一樣閃閃發光。——**約翰．藍儂**

請你想像一下現在正在做的事情，將要完成夢想和即將收穫果實的那一天。這些你都要珍惜。——**福婁拜**

你對自己的看法遠比別人對你的看法更重要。——**塞涅加**

什麼樣的人是天才？相信自己的思想，相信自己的真實，相信所有人的真實，這樣的人是天才。——**愛迪生**

別人眼中的你與自己眼中的你相比，前者就不再重要了。——**蒙田**

人們認為自己可以成就一些事情的時候，就會展現出非凡的力量。相信自己是成功的第一祕訣。——**諾曼．文森．皮爾（美國宗教家、教育家）**

事實上，任何人都很清楚自己是這個世界上唯一並且特別的存在。在很平凡的機會下，彼此不同的人聚在一起就會成就驚人的事業。——**尼采**

如果沒有你的同意，沒有人可以讓你感到自卑。——**埃莉諾．羅斯福（羅斯福總統夫人）**

無論美麗還是醜陋，我都坦誠地接受原來的自我，還有什麼比這更好呢？——**紀伯倫**

人們如果能夠接受原來的我就好了。——**文森．梵谷**

昨天是歷史，明天是未知，只有今天是禮物

熱愛生命中的每一天

洗頭髮時，我爲自己擁有一雙可以洗頭髮的手而感激；跑步時，我爲自己擁有一雙可以跑步的腿而感激；環顧四周時，我爲擁有一雙可以飽覽我與我愛的人一起生活的世界的眼睛，爲我可以活在這個世上而感激。我眞心地感謝也盡情地享受現在所擁有的一切。

最近忽然有這樣的想法，我似乎並不是隨著時間的流逝，一天、一週、一個月地生活，而是生活在吸氣、呼氣的每個瞬間。時間一分一秒地流逝，一秒前的時間現在也已經不再屬於我，因此我要珍惜現在呼吸的這一瞬間。

我喜歡坐在密西根湖邊看書，可是每當太陽下山的時候，我就會感到很失落。當天色開始變暗時，我就會很焦急地看書，一直看到無法看清字才肯闔上書回家。

一個晴朗的午後，我坐在草地上正看得入神，一對散步的母女走了過來，在我旁邊

坐下。媽媽開始看書，女兒玩了一會皮球，就枕著媽媽的腿躺了下來。

時間一分一秒過去，天色逐漸暗淡。

突然那孩子一下子坐了起來，似乎發現了什麼特別的東西，她大聲叫了起來：「媽媽！快看！那裡！」正在看書的我也很好奇地抬起頭來。

此時，太陽正慢慢下墜。

那紅色的夕陽就近在咫尺，彷彿伸開雙手就可以觸及。那是太陽在一天的最後時刻留給地球的笑臉，一張巨大而飽滿的紅色笑臉，溫和得猶如慈祥的祖母，用無盡的愛和溫暖籠罩著我以及我生存的這個世界。我沉醉在那無限溫和的日落中……

在一旁的小女孩已爲這美麗壯觀的景色情不自禁地手舞足蹈起來。這時我隨意地瞥了一下周圍，除了我們之外沒有其他人在觀賞這景色。結束工作後匆匆回家的人，忙著打電話的人，做完運動往回走的人……都沒有留意這絕妙的景色。

以前的我也是這樣，每當夜幕降臨時只會想著回家，從沒有一次想到抬頭看看日落的美景，更沒有一次特意抽出時間去欣賞日落。

但從那以後我開始等待日落的來臨，盡情地欣賞上帝爲我們準備的這份珍貴的禮物。有時候覺得自己一個人欣賞太可惜，甚至會去拉住過往的行人一起看。行色匆匆的人一開始會用異樣的眼神看著我，但之後他們也被日落的壯觀景象所吸引而無法前行。我們相視無語，只是向對方報以感謝的微笑。

來到兒時夢想中的長滿椰子樹的樂土——夏威夷，下飛機時激動萬分的那一刻。
在克魯斯喝著藍色的雞尾酒，與其他遊客一起跳草裙舞的那一刻。
日出之前喝著咖啡，用全身心去迎接這個世界的那一刻。
在芝加哥爵士俱樂部，跳起布魯斯舞的那一刻……

我能這樣對自己說，我的每一瞬間都沉浸在感動中。不是過去，也不是未來，而是沉浸在屬於現在的每一個瞬間中。

「是啊，那時候眞好，但是當初自己怎麼不知道呢？」

我不想在兩鬢斑白回首往事時，有這樣的遺憾。我要用整個身心去感受現在這一瞬間，我將用力地抓住它，感受自己的重量，感受自己的青春。

我正在變老，可是我將愛著變老的每一天。這是我的人生，有什麼比去享受，去愛更重要的選擇呢？

Princess's Wise Saying

因爲現在是新的人生開始的第一天

人們認為人生有過去、現在和未來，但是實際上只有現在。

——**馬爾庫斯．奧列里烏斯（古羅馬帝國皇帝、思想家）**

你昨天的生活方式決定了今天的人生，但是明天的人生取決於你今天如何度過。每天都是新的機會，是按照自己希望的方式生活的機會，也是擁有自己想要的人生的機會。——**馬夏．格萊德**

人們忙碌地生活著，甚至不知道自己身在何處，去往何方。但是人生不是競走，而是一步一步地去品味的旅行。昨天是歷史，明天是未知，只有今天是禮物。因此才把現在（present）叫做禮物（present）。——**道格拉斯．達夫特（可口可樂前CEO）**

人生本不是負擔，而是由於內心的雜亂無章（無止境地回想過去，或是埋首計畫未來，或是忽視現在）從而使人生成為負擔。——**哈里．達斯**

你無法選擇將怎樣死去，但你可以選擇現在該怎樣生活。——**瓊拜雅（美國民謠歌后）**

人生不是用來消耗的，而是用來享受的。我們不是為了送走每一天，而是用擁有的東西來享受每一天。——**約翰．拉斯金（英國作家）**

根據在清晨和春天裡你感動的分量就可以知道你的健康情況。如果在你的心裡對於自然的呼喚不會產生任何反應的話，如果對於清晨的散步不感興奮並從床上一骨碌爬起來的話，對於第一聲鳥鳴不會感到激動的話……就要反省了，你的春天和青春已經過去了。——**梭羅**

在日出和日落之間我丟失了兩個小時。每個小時都由六十顆鑽石組成，但是我無法用懸賞金找到它們，因為它們已經在我的人生中永遠地消失了。——**赫拉斯曼**

Open Mind

樂觀的心態是打開幸福之門的鑰匙

保持樂觀的心態

有一位父親，他有一對雙胞胎兒子，其中一個是樂觀主義者，另一個是悲觀主義者。

在雙胞胎生日那天，爸爸趁著孩子們去上學的時候，在悲觀兒子的房間裡密密麻麻地堆滿了各種各樣的玩具，在樂觀的兒子房間裡放滿了餵馬的飼料。晚上，爸爸來到悲觀兒子的房間，被圍在玩具小山堆中的兒子正悲傷地哭泣。爸爸問：「你爲什麼哭啊？」兒子這樣回答：「我的朋友們該有多羨慕我啊，可我又要讀說明書，又需要尋找很多電池，還有，不知道什麼時候這些玩具也許會壞掉。」

爸爸來到了樂觀兒子的房間，只見兒子在飼料的小山堆中快樂得又蹦又跳。

「怎麼這麼高興啊？」

「我想我應該去弄一隻小馬來。」

日常生活如此，旅行也是如此。無論面對怎樣的狀況，想法不同就可以決定旅行是否愉快。我們應該抱有積極樂觀的想法去享受旅行。如果過分地期待或者迷戀，旅行就會讓人困擾，即使有一點點意外的狀況發生，也會覺得厭煩。在旅行中，當意外發生時，先想它好的一面，並接受發生的一切。比如你錯過了公共汽車，那麼請先不要發火，就當那輛車跟你沒有緣分好了，而你應該坐的是下一輛車。或者這麼想：那是件無能爲力的事情，只是稍微晚些到站而已，沒有必要爲此責怪自己或者埋怨任何人。在你等待下一輛車到來的時候，正好有機會可以看看周圍，也許你還會遇到其他的緣分。

記得有一次，我按照旅行指南上面的介紹，大費周章找一家餐館，到了才發現那家餐館已經不存在了。「費了好大力氣才找到這裡，卻……」我一邊埋怨這該死的旅行指南，一邊極度沮喪。不得已，我只好在旁邊隨便找了一家餐館，沒想到卻意外地品嘗到了美食。如果沒有那本旅行指南，我就不會來到這樣的地方，當然也不會發現這麼好的餐館。這件事讓我明白，不管身處什麼樣的狀況中，都不該爲此生氣，或者浪費自己寶貴的時間——保持良好的心態才是最重要的。平靜地接受所有的事情，即使事情不順，也應該安慰自己「是的，有可能這樣」，那麼煩惱就會消失，只留下快樂。

「但是」法則帶給你快樂人生

有一次我在泰國的一家餐館裡吃飯，酒足飯飽之後才想起我把錢包忘在房裡了。我有些發慌，不知道該怎麼辦才好。但是餐館老闆對於作爲遊客的我一點都沒有懷疑，讓我明天再來付錢。第二天我忙著辦理退房手續，竟然忘記了要去那家餐館，就這樣離開了那個地區。我想老闆一定會想：「我就知道會那樣。」然後後悔那麼信任我，想到這裡我心裡就很不舒服。

因爲實在太彆扭了，眞的無法就這麼離去，所以幾週後，我改變了行程又返回這個地區。我問那家餐館的老闆，是否還記得我，我說沒有交錢就走掉眞是對不起。老闆知道我改變行程特意來這裡後，說：「沒有關係，妳的心意我心領了。」

「不可以的，我只有把心債還了，才能離開這裡。」

我付完錢，然後離開了餐館。爲了回來，我雖然改變了行程，卻在這家餐館門前意外地碰到了小學同學。她在小學時就移民到了阿根廷，離別多年的我們今天居然在泰國重逢了！

這種意外的相遇眞的太神奇了，如果不回到那家餐館，不，如果那天我沒有忘了把錢包帶出來，這個朋友可能永遠都不會見到。

人生好像就是這樣。

有些事情是一定要發生的。發生了不如願的事情，需要我們又回到原地的時候，要懂得欣賞那裡的風景。還有如果能在人生中運用「但是」法則，那麼所有的事情都可以帶來快樂。

「但是」法則是這樣的：

我被人搶了錢，但是幸好身體沒有受傷。

我迷了路，但是發現了不錯的咖啡館。

我失敗了，但是留有一如既往的熱情。

有了這些法則，我們就可以在更加快樂輕鬆的人生中漫步了。

Princess Life & Travel Tips

* 旅行心經

解決資金問題

1. 減少逛街。
2. 打工。
3. 建立旅行基金，每個月存入5萬到10萬韓元。
4. 戒菸戒酒，既省錢又有利於健康，一箭雙鵰。

* 旅行心經

打破語言障礙

1. 到英語培訓機構學習。
2. 即使不看也經常帶著英語會話書，在任何想看的時候看，比如在地鐵上或者公司裡。
3. 一週至少看一次沒有英文字幕的電影。

* 旅行心經

克服恐懼

1. 從他人的旅行日記中獲得勇氣。
2. 尋找一起旅行的朋友，一起努力就不會輕易放棄。
3. 上各種網站獲得旅行訊息，培養自己的旅行興趣。

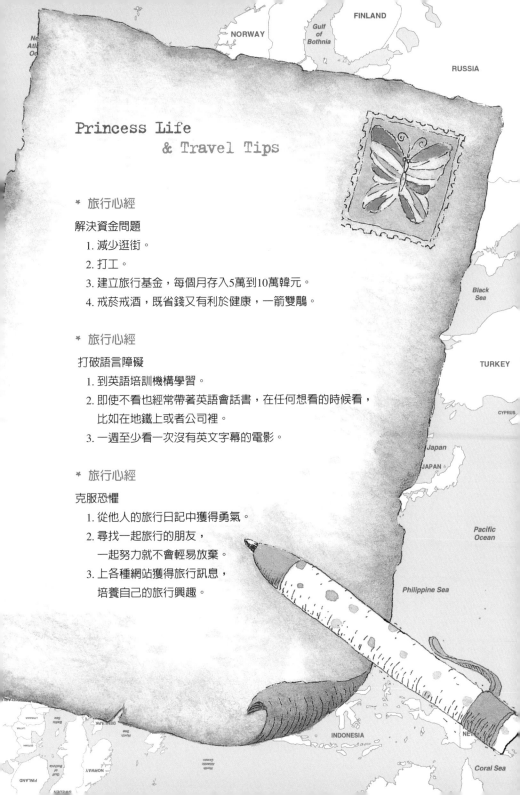

Princess's Wise Saying

不去看黑暗的陰影
只看太陽明亮的光芒

注意觀察世界的方式，因為它馬上就會成為你的世界。——**艾里克．海勒**

「NO」調過來說就是「ON」，所有的問題都有解決它的鑰匙，要不斷思考直到找到它。

——**諾曼．文森．皮爾**

我所認識的成功人士都是開朗並且內心充滿希望的人。他們在工作時都露出微笑的面容，無論喜悅或是悲傷都會充滿精神地接受人生的全部。——**查爾斯．金斯利（十九世紀英國作家、詩人）**

我常常認真地思考，總是消極的人是不存在的。但是為什麼會感到悲哀？我無論做什麼都會一邊享受一邊生活。這樣生活不是很好嗎？——**赫因森．沃德**

通往幸福的一扇門被關上的同時，另一扇門就會被打開。但是我們總是看到關上的那扇門，來不及去看為我們而打開的另一扇門。——**海倫．凱勒**

成為自己人生的導演吧，同一件事，根據在畫面上出現的事物的不同，導演可以讓它成為喜劇，也可以讓它成為悲劇。你心靈中也有一幅畫面，你可以用同樣的技術和力量去調節作為身體動作基礎的心靈活動。你可以將頭腦中積極思考的光和聲音調大一些，也可以將消極思考的光和聲音調小一些。——**安東尼．羅賓斯（美國著名演說家、心理學家）**

不要讓他人的幸福奪去你的視線，一定要握緊你自己的幸福，充實地度過每一天。你現在才剛剛開始，因此不要著急，不要看人生黑暗的一面，不要埋怨，不要憤恨，不要忌妒……這就是我對你的微小的希望。——**辻仁成《請給我愛》**

我追求前衛藝術，任何時候都嚮往積極和肯定。「YES」對我來說意味著對於愛情和自由的肯定。——**小野洋子**

每生氣一分鐘，你就失去了六十秒的幸福。——**愛默生**

幸福並不是遠在天邊。對「我有這個，並且我也有那個，因此我很幸福」或者「我沒有這個，也沒有那個，但是我還是很幸福」這樣的話並不陌生就是幸福。——**讓·紀沃諾（法國作家）**

觀察新事物並不重要，重要的是用新的眼光去觀察。

——**弗朗切斯科·阿爾貝隆尼（義大利社會學家、作家）**

與努力追求自己的幸福相比，人們總是花更多的心思在別人面前展示自己的幸福。如果不把心思花在展示上，自我滿足就不是一件難事。因為有展示自己的幸福給別人看的虛榮心，多數人會錯過真正的幸福。——**拉羅什富科**

幸福的祕訣在於忘掉你所失去的，記住你所得到的。請記住你所得到的永遠多於失去的。

——**柳時華《地球旅行家》（韓國詩人）**

在你的心中有你的命運之星。——**席勒（德國十八世紀著名詩人）**

由於人們不夠瞭解自己，所以健康的人覺得自己走向死亡，而正在走向死亡的人還覺得自己很健康。——**布萊茲．巴斯卡**

未來屬於相信自己擁有美麗夢想的人。——**洛克菲勒**

我們的心靈是一片花園，裡面有愛情、快樂、希望等積極的種子，也有厭惡、絕望、挫折、猜忌、畏懼等消極的種子。給哪種種子澆水，讓哪種種子開花，完全取決於你自己的意志。

——**釋一行**

不滿來自於比較。看不到更好的東西的時候，人們會認為自己的是最好的。

——**弗蘭克．諾里斯（美國自然主義小說先驅）**

少一些畏懼，多一些希望；少一些囫圇，多一些品味；少一些牢騷，多一些關愛；那麼世界上所有美好事物都將屬於你。——**瑞典格言**

PaRAdiSe

Paradise

尋找藏有珍寶的天堂

精靈的幸福祕訣

在一個小村子裡，住著一個失去父母、生活困窘的小女孩。有一天，她在路上看到一隻蝴蝶被困在刺藤中。她把蝴蝶小心翼翼地拿出來，這時候蝴蝶變成了美麗的精靈。小女孩無法相信眼前的情景，直揉眼睛。

精靈對小女孩說：「我會實現妳的一個願望，來報答妳的救命之恩。」

小女孩想了想說：「我想變得幸福。」

精靈點了點頭，靠到小女孩的耳朵上，小聲說了什麼，然後就向著天空飛走了。

歲月流逝，小女孩漸漸長大成人，而在這個世上沒有比她更幸福的人了。人們都想知道那個幸福的祕訣。很多人去找她，懇請她告訴他們幸福的祕訣。

那個女孩慢慢地說：「幸福的祕訣是我小時候精靈告訴我的。」

一說完，人群中亂哄哄的聲音變得更大了。

「那麼，精靈究竟告訴妳什麼了？都快急死了，快點說啊。」

女孩臉上露出明媚的笑容：

「精靈告訴我，無論年齡是大還是小，無論是富有還是貧窮，所有的人都需要我。而且，生活中我創造的每個小小的開心都會讓我幸福。」

坐公車時，在我的前排坐著一位懷抱孩子的母親。我覺得孩子長得實在太可愛了，便微笑著，不時地左右搖晃著腦袋逗他。小孩開心地咯咯笑著。過了一站上來一位先生，他坐在我的前面，一看到小孩，就一邊晃著腦袋，一邊興奮地擺著手。那位先生下車後，上來一對大學生模樣的情侶。他們仍然坐在那個位置上，當看到孩子後，他們也晃著頭，衝著孩子笑。

所有人看到孩子之後都露出了笑容，似乎孩子是爲了給大人們帶來歡樂才存在的。這個瞬間我明白了，幸福的人生就蘊藏在日常生活的每個角落裡，只是你沒有在意。

建造只屬於自己的天堂

不知道從何時開始，爲了建造屬於我的天堂，我開始以自己的方式努力。這種方式就是寫日記。與其說我記錄了什麼時間做了哪些事情，不如說我將自己的心路歷程大致記錄了下來，也藉此來消除我對天堂迫切的渴望。尤其是堅定地告別過去，決心重新開始的時候，沒有什麼比寫日記更好的方法了。

去旅行的時候，我會寫一本旅行筆記。將在綠地上發現的漂亮的草和花瓣貼在筆記中，也會把旅行中遇到的事和人甚至人們的聯繫方式都記錄下來，還會在筆記裡貼上飛機票、當地貨幣等等。比如說我去了峇里島，那就是「Bali World」；去了瑞士的話，就是「Swiss World」，就這樣建造著只屬於我的天堂。

以後不管什麼時候，每當我想回到當時的世界，就打開這本筆記，開始我的「迷你休假」。有時候我也會用微型答錄機記錄下海浪聲、風聲、教堂的鐘聲，還有街頭藝人演奏的音樂聲等等。

幾年前我和一位朋友一起旅行。那時朋友正因爲父母的離婚和再婚而感到非常痛苦，所以她提出想要去旅行。我們悄悄地去了新加坡的聖淘沙島，從島的一邊到另一邊，來回不知道走了多少次。在海邊的小攤上，我們買了貝殼手鐲當作禮物送給對方，又各自買了一個小小的筆記本。在白沙灘邊緣坐下來，一邊聽著爵士樂，一邊開始裝飾買來的小筆記本。我們把拍的照片貼在筆記本上，並且背靠著背寫信給對方。湛藍明淨的無邊蒼穹，自由飛翔的鳥，歡天喜地堆沙堡的小孩，嘩嘩的海浪聲，清新的海的氣息……周圍所有的風景都是那麼美。

不遠處傳來卡洛金的〈You've Got a Friend〉的歌聲，在這優美的旋律中，我們的內心變得豐富充實……

朋友這樣對我說：「現在的這種感覺，在其他的任何地方都不會找到吧。就算是十年之後我們再次來到這裡，或許也無法找到現在的這種感覺。」

我們想把現在這一瞬間永遠地留住，害怕因爲失去這幸福的瞬間而遺憾，竭盡所能地想抓住它。所以我們兩個在海邊待了整整一天，喝了五杯瑪格麗特酒，製作了一本旅行筆記。我們互相看對方的筆記，一會兒捧腹大笑，一會兒又默默流淚……

我們一直坐著，直到繁星布滿天幕。酒杯中灑滿了閃爍的星星，喝酒的時候就彷彿在品嘗星星。就像用白色星星代表好日子、用黑色星星代表壞日子的糖果，我們的杯子中裝滿了白色的星星。我在筆記中畫上了閃閃發光的紅酒杯，然後寫下這樣的文字：

「二〇〇二年七月二十五日，我飲下滿天星斗，醉了。」旅行回來之後，空閒時，偶爾我會拿出那本筆記，一下子彷彿又回到當時情景中……

Princess Life & Travel Tips

* 7種快樂元素

快樂視覺—常常面帶微笑
快樂思維—以快樂的心生活
快樂談話—與人們進行愉快的對話
快樂味覺—享受美味
快樂睡眠—盡情地睡覺
快樂記憶—留下美好的回憶
快樂歌曲—饒有興致地唱歌

* 快樂地度過一週的方法

週一 變身成為極具魅力的女性
週二 明媚的日子裡，穿上飄逸的連衣裙
週三 別再嘮叨，減少壓力
週四 洗個澡解除疲勞
週五 與相愛的人一起度過這黃金時間
週六 在「愉快的週六之夜」玩到盡興
週日 解除一週以來積累的疲勞

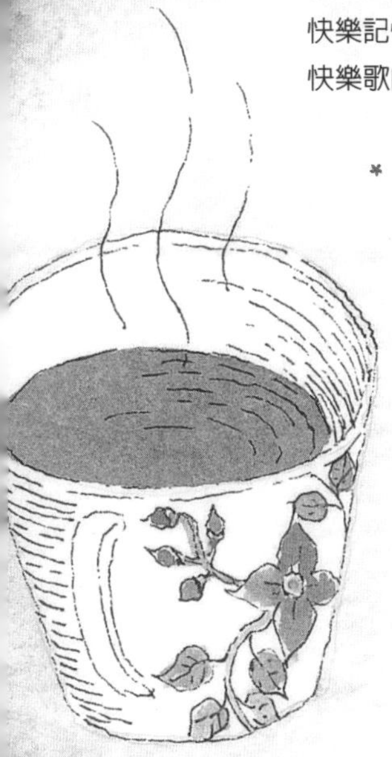

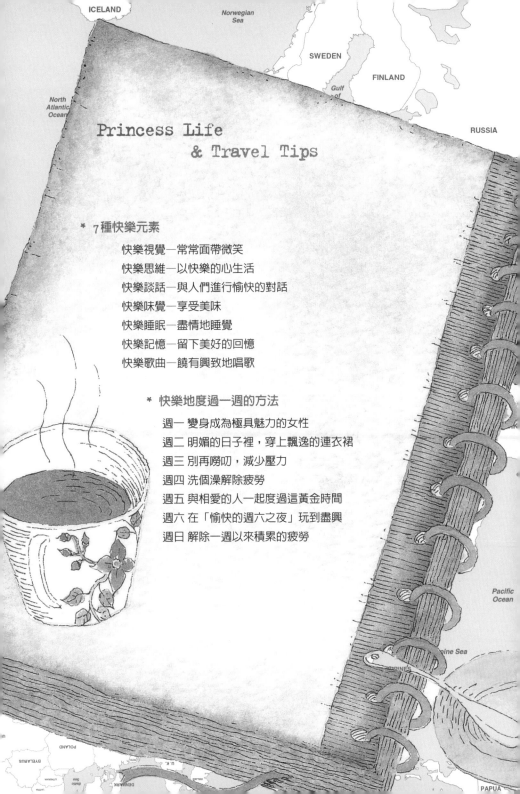

Princess's Wise Saying

在微笑、實踐、快樂、愛情中發現幸福

真正的寶物並不是年代久遠的戒指，你沒必要去尋找海盜船的寶物箱，也沒有必要去看藏寶圖，更沒有必要去深海中尋找箱子。真正的寶物在你我的愛情和快樂中才能找到。——**狄更斯**

只要是你所感興趣的，無論是什麼都將讓你變得幸福。——**威廉．羅素**

不創造財富的人，也沒有權利消費財富。不創造幸福的人，也沒有權利享受幸福。——**蕭伯納**

別人的一句話有時會忽然讓我們感到幸福；別人的一句話有時會改變一些人的人生；別人的一句話有時會成為另一些人的精神支柱，一句句的話中都包含了愛。——**高橋步**

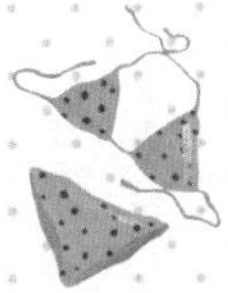

幸福雖然有時候來自於外界，但是只有來自於自己內心的，像花那樣散發出來的香氣，才是真正的幸福。——**法正大師**

與其說幸福來自並不多見的幸運，不如說幸福更來自瑣碎的日常生活。——**班傑明．富蘭克林**

人生因我所成就的事業而變得幸福，人生教我應該感謝我所珍愛的人。——**蘇菲亞．羅蘭**

幸福是什麼？對於這一問題人們都是怎麼看的呢？哥倫布感到幸福的時刻並不是他發現美洲大陸的時刻，他的幸福達到高潮，也許是他在發現新大陸之前四天左右的時候。——**杜斯妥也夫斯基**

最高的幸福是確信我們正在被愛。——**雨果**

幸福就是去愛，去感動，去祈求，去激情地生活。——**羅丹**

對任何人而言，幸福都一定會來臨。——**尊凱治**

我努力用舞蹈擺脫煩惱。我喜歡待在水邊，喜歡放聲大笑，喜歡跟家人和朋友相聚的時光。並且每天都希望自己做好事，如小小的社會服務工作，或向幫助我的人表示感謝，這些都是好事。自然、綠地、動物對我來說都很重要，更不必說真摯的愛情和周圍的人了。——**梭羅**

造物者給予世上所有人幸福的機會，問題僅存在於人們是否懂得去享受幸福。

——**克勞狄烏斯．克勞狄安（古羅馬皇帝）**

幸福不是偶然發生的。「……之後，就會幸福的。」當你說這句話的瞬間，就注定你絕對不會幸福。——**理察．卡爾森（美國暢銷作家）**

享受幸福的人生，需要的並不是歷經艱辛之後得到的財富，而是肥沃的土壤和平靜的心靈，幸福的人生中沒有埋怨，沒有糾葛，沒有命令的支配。只有摯愛的朋友，健康的身體。

——**亨利．難華德**

最大的幸福是在一年結束之際，與這一年開始時相比，覺得現在這一時刻更好。

——**梭羅**

我們在健康的時候，不知道感謝健康。當失去健康，被病魔折磨的時候，才掙扎著要找回健康。病魔給身體帶來痛苦和孤獨，但是我們健康的時候，沒有任何的覺察。幸福也是如此。我們幸福的時候無法感覺到的東西，在我們失去的時候才感到它的珍貴。人們大都在失去之後，才後悔「我曾經很幸福……」——**猶太經典《塔木德經》**

成爲W.I.S.E. 智慧一族

英國W.I.S.E.一族人數正逐年增多，根據「泰晤士報」網路版報導，W.I.S.E.一族是指獨自經歷事情的女人（Women Who Insist On Single Experiences）。這些女性不畏懼一個人旅行，不認為一個人在高級飯店用餐，獨自看電影或獨自在高級酒吧喝上一杯是沒面子的事情，反而覺得能夠享受獨處的時間很瀟灑。

Chapter 4

如果你這樣看世界……

Question

喚醒沉睡的好奇心

旅行源於好奇心

很多時候我對這個世界充滿好奇：是否眞的像小時候看到的澳洲觀光廣告那樣，在澳洲的路邊有很多袋鼠呢？全世界排名前一百的大學，爲什麼大部分是美國院校呢？在美國眞的有幾十萬名孟諾教派（Amish）的人拒絕現代文明，至今仍然乘著馬車、點著蠟燭度日嗎？

在摩納哥眞的沒有監獄，不用納稅嗎？在荷蘭，毒品眞的是合法的嗎？如果是這樣，那麼是爲什麼呢？

眞的，有時候我會異常好奇，所以爲了能用我的眼睛親自去驗證，我選擇了旅行。

好奇心是我們對人生的一種關注。換句話說，看的角度不同，關心的問題不同，人生就會變得不同。

有一家鞋業公司，爲了瞭解非洲市場，派去了一名職員。幾天之後，那個職員傳回了消息：「我要回來了，這裡沒有市場，因爲這裡沒有人穿鞋。」

公司覺得這樣放棄非常可惜，於是又派去了一名職員。那名職員到達非洲才不過幾個小時就向公司報告：「這裡有廣闊的市場，因爲這裡還沒有人穿鞋。」

一模一樣的世界在兩個視角完全不同的人眼裡大相逕庭。這就不難理解爲什麼生活在同樣的世界，有人獲得了精彩的成功，有人得到的卻是慘痛的失敗。

欣賞陌生而又美麗的風景並不是旅行的全部，旅行眞正的妙趣在於去認識與你生活環境完全不同的世界，以便能夠拓寬自己的視野。

我認識很多具有探險家氣質的旅行者們，他們學識淵博，可是仍然關心這個世界，仍然不斷地學習。他們尤其關注各個國家的語言，因爲只有理解語言之後才能親自解答在這個國家遇到的種種疑問。即便他們不能完全地掌握當地的語言，但是可以使用簡單的問候語，簡短的辭彙，以自己的方式跟當地人交流，成爲朋友，旅行也會變得充實和有趣。如果看到路邊招牌上有幾個認識的單詞，就知道「那裡原來是什麼什麼商店啊」，模糊的視野也會頓時變得清晰起來。

對我來說，外語不僅是獲得資格證或是學位的手段，更是一個好導遊。它使我的人生更有意思，讓我可以交到來自世界不同國家的朋友。我想告訴那些對大千世界感到新奇和疑惑，並且具有探險家氣質的人，瞭解母語以外的語言是旅行應該具備的第一要素。

試試又何妨

幾年前，我路過新加坡的一個傳統市場，第一次看到「水果之王」——榴槤。其他方面我不敢自豪，可是對於吃的方面我特別具有探險家的資歷，尤其熱衷於品嘗奇異的食品。這是我第一次見到這種水果，而它又被譽爲水果之王，我覺得非得嘗一嘗不可。於是我毫不猶豫地買了一個，放在酒店的冰箱裡。我洗了澡出來發現整間屋子裡充斥著一種奇怪的味道，剛開始沒怎麼在意，可後來這種味道越來越濃，我覺得再也無法忍受，就打電話給服務台。酒店經理過來後找到了味道的來源，正是來自我的冰箱。在這個酒店，榴槤是被禁止攜帶入內的，我違反了規定，經理說我應該交罰款。

居然禁止攜帶水果？我說這簡直不像話，據理力爭，但是想到那麼一個水果，就使房間甚至酒店走廊都瀰漫了奇怪的氣味，我就理解了。經理說立刻把它扔掉或者現在就吃掉。與其吃掉這個身分不明且有如此濃烈氣味的水果，我想趕緊扔掉可能更好些，不過就是有點可惜了。我和榴槤的第一次相遇就這樣結束。與榴槤的第二次相遇是去馬來西亞的朋友家，當他們聽說來的是尊貴的客人，就端著這樣水果大步地向我走來。那場景簡直就像在拍恐怖電影。爲顧全朋友家人的誠意，我含淚緊張地咬了一口。但是，味道好極了！

很柔軟很香甜的味道，眞的無法用言語來形容。現在我知道爲什麼東南亞人把它叫做水果之王、並爲之瘋狂了。這就是經歷過的人和沒有經歷過的人的區別。沒有經歷過的人絕對無法體會經歷過的人們感受到的世界。

無論什麼，適合自己的也好，不適合自己的也罷，都抱著好奇心去嘗試一次。也許你會有意外的驚喜。

Princess Life
& Travel Tips

＊一生中一定要去的第1～49位的世界旅遊勝地

1. 美國科羅拉多大峽谷
2. 澳洲大堡礁
3. 美國迪士尼樂園
4. 紐西蘭南島
5. 南非開普敦
6. 印度阿穆瑞沙金廟
7. 美國拉斯維加斯
8. 澳洲雪梨
9. 美國紐約
10. 印度泰姬瑪哈陵
11. 加拿大路易斯湖
12. 澳洲艾爾斯岩
13. 墨西哥奇琴伊察古城
14. 秘魯馬丘比丘
15. 加拿大尼加拉瀑布
16. 約旦佩特拉城
17. 埃及金字塔
18. 義大利威尼斯
19. 馬爾地夫
20. 中國萬里長城
21. 辛巴威維多利亞瀑布
22. 香港
23. 美國優勝美地國家公園
24. 夏威夷
25. 紐西蘭北島

（待續）

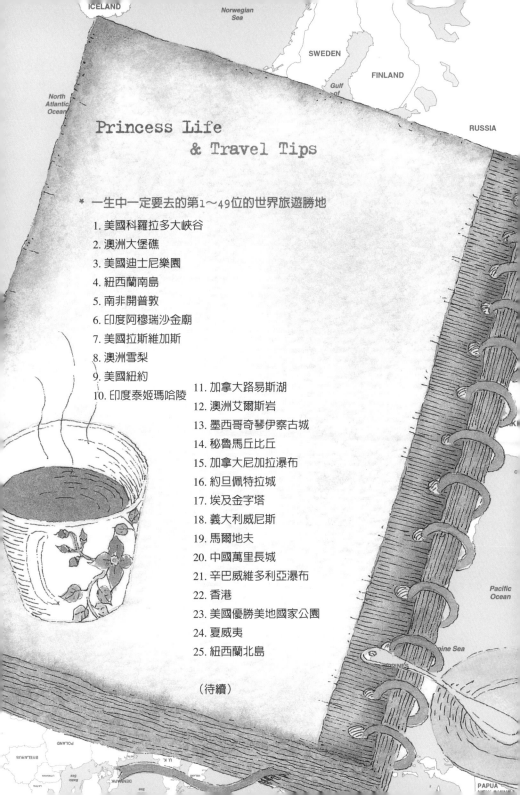

Princess's Wise Saying

世界是好奇心的天國
所有的一切都無比神奇和有趣

旅行時我們會變得謙虛，因為它讓我們明白了在這個世界上我們有多麼渺小。——**福婁拜**

旅行會給你帶來力量和愛情。如果不知道該去哪裡，就按照心靈的指引走吧。那條路就像一條發著金光的大道，每走一步都會帶給你奇幻的世界。去那裡旅行，你一定會發生變化。——**魯米**

沒有必要去道路平坦的地方，去那些尚未開拓出道路的地方，留下自己的足跡，不是也很精彩嗎？——**夏綠蒂·勃朗特《簡愛》**

我的名字不叫「岩石」而叫「路」，我想走遍世上所有的道路。

——**孔枝泳《我們的幸福時光》**

譯注：韓文中「岩石」與「路」發音相同。

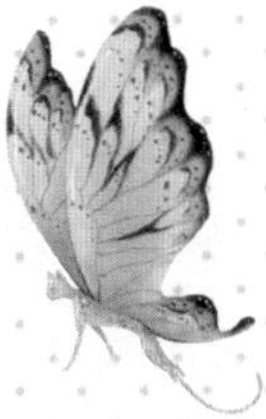

無論是旅途上還是人生中，懂得向他人學習的人，才是這個世界上最聰明的人。——**《塔木德經》**

智慧不是與生俱來的，它是在沒有人可以代勞的旅行中自己找到的。——**普魯斯特**

想獲得知識，去很多國家旅行是遠遠不夠的，應該學會旅行的方法。要善於觀察事物，對於想瞭解的事物不去關注是不行的。——**羅素**

旅行是嘗試新的事物，當然需要自己去親力親為。「這是我選擇的路」，能說出這句話的人是幸福的人。在路上看另一個世界會讓我們的人生更加豐富多彩，更加新奇有趣。在路上我將永生。——**傑克．凱魯亞克《在路上》**

當我知道了還有比我生活的世界更大的世界時，心中感到了充實。我並不是在一個狹小的空間裡扮演一個渺小的角色。想到我有能夠有一番作為的可能性，我會感到興奮不已，身體甚至會跟著激動得顫抖起來。——**韓飛野**

好好地享受休閒時光

得與失

有一天，一個少年在路邊走著走著發現了別人掉的錢。他立刻把硬幣藏到了懷裡，生怕被人看到，然後飛快地跑回家。白白撿到了錢，少年高興得手舞足蹈。從那以後，少年不管去哪裡，爲了能夠撿到錢總是低著頭走路，即使有人搭話他也不回答。爲了能撿到別人不小心丟失的東西，一年三百六十五天他每天低頭走路，樂此不疲。

少年用了一輩子的時間，撿到了三百五十個一分硬幣，一百個五分硬幣，三十個十分硬幣，十七個二十五分硬幣，還有皺巴巴的三張一元紙幣，一共是十八元七十五分。日子在數著這些錢的過程中，一天天地過去了。

時光匆匆，臨近死亡的他看著地板，突然明白了在他的生活中，失去了人生永遠無法換回的最珍貴的東西：藍天，在天空中飛翔的鳥，掛在樹枝上那些誘人的果實，還有那些曾經跟他搭話，但卻被他的冷淡所推開的人……

因爲不敢有絲毫放鬆，因爲總是忙忙碌碌，所以常常會說自己太忙，但眞的有一天可以休息了，我們又感到坐立不安，最終浪費了這寶貴的時間。從現在開始不要這樣了，讓我們去尋找、享受人生中的餘暇。你還能記起已經有多久沒做這樣的事情了嗎？上一次坐在喜歡的咖啡店，邊喝著咖啡，邊看自己喜歡的書是什麼時候？與家人一起翻看照片，一起開心地笑是什麼時候？悠然地享受午覺是什麼時候？打開琴蓋是什麼時候？擦拭心愛的相機上面的塵埃是什麼時候？開心地大笑是什麼時候？如果你記不起的話，那麼你就對自己犯下了不可饒恕的罪行。二十四小時瘋狂而忙碌地生活，並不等於比別人更成功，過得更好。認爲忙碌就可以獲得更多的東西，這是一種錯覺，越是這樣就越容易失去了「自我」。在非洲有一種叫做「跳羚」的山羊。牠們每天排好隊吃草，累了在樹下午睡。但是在牠們不斷前行的過程中，前面的羊把所有的草都吃掉了，後面的羊能吃到的就越來越少。

於是羊群爭先恐後向前跑，展開爭鬥，羊群前進的速度越來越快，後面的羊加速前行，前面的羊爲了保持領先的優勢也只能跑得更快。

最終所有的羊都全力向前奔跑，由於跑得過快，看到懸崖也無法停止，最終全部的山羊都掉下了懸崖。

享受餘暇並不是奢侈

我們應該知道休息的價值。別人休息的時候我們應該樂於拿起船槳，但是當把船槳放下，我們應該懂得休息。休息是最基本的權利，它可以找回人生中失去的重要東西。有時候只有休息了才能更好地前進。知道休息的價值，並且能夠靈活運用的人，比那些只會賺錢的人，生活得更有意義。

累的話就稍作休息再啓程，不要因爲片刻的休息就有犯罪感，也沒有必要感到不安。如果沒有時間看周圍的風景，只是一路向前跑，那麼就只能過著連自己也不滿意的生活。如果之前你對自己要求得太多，給自己太多的壓力，那麼現在就需要充電了。

休息絕不是懶惰和奢侈，和家人共度的時間，爲自己準備的時間，這絕不是一種浪費。

在一個懶散的週日午後，我到了自己喜歡的洛杉磯馬里布海岸。在沙灘看到一位白人男子領著兩個白人兒子，一個黑人孩子，和一個亞洲孩子（孩子們叫他爸爸，好像是領養的）。爸爸非常認眞地跟孩子們一起堆沙堡，一會兒又把孩子們一個個扔到海水裡。之後媽媽也加入，他們分成兩邊打起了水仗。後來爸爸拿起一根棍子，高聲叫著，學土著跳舞。孩子們看了樂得人仰馬翻，都跟在爸爸後面，一起學起土著來。每個人抓著前一個人的腰，一邊像土著一樣舞動著，一邊前進，一家人玩得開心極了……

另一邊有一對夫婦，他們並排躺在沙灘毯子上，相擁而眠，那表情彷彿在天堂一樣。他們旁邊有一位中學生模樣的女孩，大概是他們的女兒。她正在讀書，偶爾放下書輕輕地驅走鳥兒，怕他們打擾了父母的休息。這是多麼和諧美麗的畫面啊……如果所有的人都知道好好地享受休閒時光，那該有多好！

Princess Life & Travel Tips

* 一生中一定要去的
第1～49位世界旅遊勝地（續）

26. 巴西和阿根廷邊境的伊瓜蘇瀑布
27. 法國巴黎
28. 美國阿拉斯加
29. 柬埔寨吳哥窟
30. 喜馬拉雅山
31. 巴西里約熱內盧
32. 肯亞馬賽馬拉國家公園
33. 厄瓜多加拉巴哥群島
34. 埃及路克索神廟
35. 義大利羅馬
36. 美國舊金山
37. 西班牙巴塞隆納
38. 阿聯酋杜拜
39. 新加坡
40. 席爾拉迪戈島
41. 斯里蘭卡錫吉里耶古城
42. 泰國曼谷
43. 巴貝多
44. 冰島
45. 中國西安秦始皇陵兵馬俑
46. 瑞士策馬特
47. 埃及阿布辛貝神廟
48. 峇里島
49. 法屬玻里尼西亞博拉博拉島

Princess's Wise Saying

現在是只屬於你的時間
請放鬆地休息吧

如果我能重新活一次，我要養成至少每週讀一篇詩歌，聽一次音樂的習慣。——**達爾文**

當你感到好像沒有休息時間的時候，就要小心了，因為靈魂也可能隨之一起消失。——**洛根．史密斯（英國散文作家）**

如果每天有能夠接觸周邊世界的時間，哪怕只有一分鐘，惡魔也無法奪走，因為這是天使守護你靈魂的時間。——**梅麗恩．伍德曼**

一沙一世界，一花一天堂。——**威廉．布萊克（十九世紀英國浪漫派詩人）**

人們知道名譽和地位可以帶來快樂，卻不容易領悟真正的快樂實際上來自於平淡的日常生活。——**《菜根譚》**

人生不是什麼深奧的東西，它就像一杯咖啡帶給我們的溫暖一樣平常。

——**理查．布勞提根（美國小說家、詩人）**

我所使用的音符並不比其他鋼琴家使用的好，但是藝術卻存在於這些音符間的空隙之中。

——**阿圖．許納貝爾**

心中寬闊又平靜的時候彷彿能夠包容一切，如果寬闊的心一旦開始扭曲，包容一切就會變得像折斷針尖一樣難，如此狹隘的……正是「人心」。——**達摩**

我能做的並不多，但是我能和你一起坐下待一會兒，在我們共同行走的這條路上，跟你開上幾句玩笑。——**馬伍德．V．普萊斯頓**

我們應該永遠感謝——常在我們身邊，我們卻不知道珍惜的家人、親人、鄰居，以及與他們之間的緣分，請讓我度過一個能感受到愛的恩惠的假期吧。——**李海仁修女**

Solitary

在享受孤獨中學會堅強地生活

留給自己思考的時間

這樣的時刻眞是太好了。在懶散的午後穿上寬鬆的T恤，準備一杯咖啡，沒有音樂，沒有電視，四周流淌的只有靜謐。

這正是屬於我的時間，徹頭徹尾地爲我準備的時間。在這靜默的時間裡，我可以傾聽自己內心的聲音。這靜默的時間讓我可以更加珍愛自己，它輕輕地撫平我心靈的傷口，給我帶來平和。

有一位朋友在冥想之後歸來。他待在那個地方沉默了整整四十個小時，他說最初太悶，覺得快要瘋掉，所以想放棄，但是想到已經堅持了這麼久，放棄很可惜，於是又堅持下來。

漸漸地，他開始明白這一段時間以來，自己在生活中說了很多無聊的話。想起各種艱難苦澀的事情，他流下了眼淚，也終於聽清了自己內心的聲音。他說在某個瞬間你會茅塞頓開，心情變得無比舒暢。

留給自己思考的時間，就會產生理解、寬容的心，就能找到平和的感覺。自那以後那位朋友的壓力就明顯減少了。

不久之前我在報紙上讀到了一則消息，是關於格魯米族（Gloomy）的事。格魯米族是能夠堅強地享受孤獨的一種人。他們為生活所累而疲憊至極時，就會去尋找獨處時間，哪怕只是片刻。他們工作五天，大概有一天的時間會自己一個人吃午餐：喝一杯咖啡，吃一塊三明治，聽著音樂來享受孤獨。他們跟志趣不合的人在一起會感到不舒服，並且認為會影響自我的感覺和思維，他們認為盡情享受孤獨的時間能給生命帶來能量。

在錯綜複雜的人際交往中，人們偶爾會產生想獨處的衝動。你可以享受沉默的自由，可以享受只屬於自己的空間和時間。

最初你會因為不知道該做些什麼而感到很無聊，但慢慢地，你會逐漸適應，焦躁的心也會變得輕鬆和舒適。

那種遠離人群後的孤單會給你帶來不一樣的感覺。一刻都無法忍受孤單的大有人在。他們只要一個人的時候就會感到不安，於是賴著別人，纏著別人。他們在別人那裡受到傷害，然後帶著受傷的心，又陷入另一段紛繁複雜的人際關係。

作家莉塔梅布朗這樣說道：

「如果要給別人忠告的話，我想對他說，一年中至少給自己留出一週或者至少一天的時間獨處，如果不能做到這點的話，遭遇困難就不可避免。」

也就是說，只有懂得獨處的人，才能跟他人發展健康的、持久的關係。

以主角的身分享受人生

隨著我的旅行不斷增多，不，是隨著我逐漸變老，我確實感受到，人沒有必要百分之百迎合別人的喜好，同樣也沒有必要去說服別人按自己的想法生活。

當然有時候做出某種程度上的讓步和遷就是應該的，但拿出吃奶的力氣去附和別人然後讓自己有壓力，是完全不可取的；當然也沒有必要去埋怨或者厭惡與自己想法不同的人。

比如說，與朋友一起旅行，可以有一天左右的時間分開行動。一起旅行的話，不管多麼親密的朋友都一定會有小摩擦，因爲朋友所想的和你所要的不可能百分之百相同。這時候就有必要分開。這是旅途中和人生中所必需的智慧。自己想觀光，可是朋友想購物，這時候單獨行動就是明智之舉。沒有看過的名勝古跡還有很多，卻由於朋友想購物，無可奈何地跟朋友去了購物中心，並在那裡消磨了一整天。於是你把沒有看名勝古蹟的帳記在了朋友的身上，心中積存下不滿，就有可能導致兩人大傷和氣。

有時在旅行中會遇到旅行高手。他們一般都是一個人旅行，選擇住在旅館，碰到去向一致的朋友，就和他們一起旅行。這樣不僅可以消除旅途中的寂寞，還可以節省開支，也可以提高安全係數。旅途中當方向不一致的時候，他們就分開按照自己的方向繼續走下去。

他們也絕不會讓他人按照自己的日程、按照自己的喜好來行動。他們會尊重對方的計畫，互相鼓勵。實際上，和親密的朋友一起旅行很多時候會發生分歧，在旅行中爭吵不斷，最後分道揚鑣。

無論在旅途中還是在人生中，出現岔路口時就該果斷地分開，還有，一定要珍惜自己一個人獨處的時間。

從小的事情開始，慢慢試著自己獨力完成，最後旅行也可以一個人來完成。

請不要以配角而是以主角的身分去享受人生。

獨處的時間可以發現自我，可以知道自己應該何去何從。因爲獨處可以迅速使人成熟。

Princess Life & Travel Tips

* 誰是最幸福的人？

英國倫敦「泰晤士報」在讀者中進行了以「誰是最幸福的人？」為主題的調查。

排在第四名的是透過手術最終挽回患者生命的醫生。
排在第三名的是大汗淋漓之後終於完成了作品的木匠。
排在第二名的是給孩子洗澡並哄他入睡的母親。
排在第一名的是在海邊剛建好一座沙堡的小孩。

調查結果告訴人們，幸福大多不是來自宏偉的事情，而是來自日常生活，來自細小之處。

* 如果你感到不幸福的話，那麼理由是？

因為執迷於金錢

因為感到不公平

因為跟別人比較

因為不知道感謝

因為不愛自己

因為不愛自己身邊的人

因為自私自利

因為恐懼

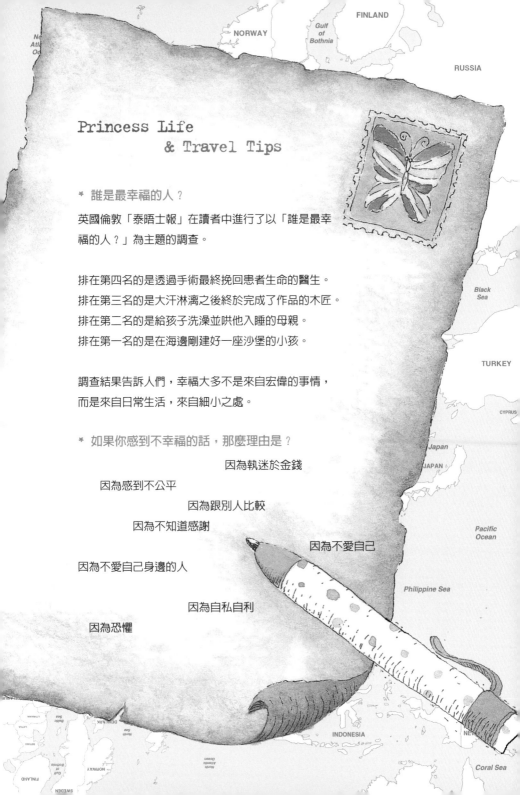

Princess's Wise Saying

像犀牛的獨角般一個人生活
精神十足地生活

把希望寄託在別人身上多半會失望。應該像鳥兒一樣，靠自己的翅膀飛翔。——**瑞娜**

讓所有人快樂和開心，必將會給自己帶來悲傷的結局。——**阿拉伯格言**

看到信任的人離去，
無法面對所愛的人的冷漠而心靈受傷的時候，
請拋開所有的痛苦，想想這句話：
沒有人是不孤獨的。
在心裡默念兩次、三次，甚至更多次吧，
事實上，任何人都是孤獨的。
——**金宰真《沒有不孤獨的人》**

我願意成為一位孤獨的遊子。——**紀伯倫**

孤獨是幸福和安逸的泉源，因此享受孤獨應該作為年輕時的一個課題。——**叔本華**

孤獨的時候，我們會對我們的人生、回憶、身邊的小事物都表現出熱情。——**維吉妮亞．吳爾芙**

一個人獨處比任何事情都重要。對知道自己將來要做什麼的人來說，獨處的時間就更加珍貴。無法為自己留出時間的人，是絕對不可能成功的。——**吉本隆明《我眼中的幸福》**

孤獨的人會站得更高，不使自己陷入囹圄。他的靈魂不是周圍布滿荊棘藩籬的小屋，而是立於高處的，人們任何時候都可以自由出入的宮殿。在那裡即使沒有人出來，無論何時都歡迎客人的到來。生活的祕訣在於具有接受所有事物的力量，同時學會孤獨生活的方法。

——**皮耶．波納爾（法國著名畫家）**

比起一個人待在家裡，與很多人共處的時候更容易感到孤獨。——**梭羅**

可以回顧自己的人生，深刻地剖析自身存在的機會正是孤獨。從這樣積極的角度來看，孤獨的時間也很可貴。——**金壽煥（韓國羅馬天主教首位樞機）**

Thankful

裝滿感恩的花籃

感謝有你在身邊

在一間修道院裡，修道士每兩年才可以說一句話。有一個新來的修道士，在度過第一個兩年之後，得到了可以說一句話的機會。

他找神父說：「睡覺的地方不舒適。」

又過了兩年，年輕的修道士又得到了可以說一句話的機會：

「飯不好吃。」

又過了兩年，年輕的修道士拿著收拾好的行李，出現在神父面前：

「我要走了。」

神父對著這位因無法忍受修道院生活而離開的修道士背影說道：

「忍受兩年才可以說話，如此珍貴的機會你全都用來發洩不滿，所以你當然無法忍受。」

以前稍微有點不如意，我就會感到不幸和絕望。而失去雙腿的人卻因爲有可以看到可愛孩子們的雙眼，有可以擁抱孩子們的雙臂而感到幸福。海倫．凱勒的眼睛看不到東西，耳朵聽不到聲音，嘴不能說話，卻認爲自己擁有太多而常常感恩。當問她的願望是什麼時，她說若死前的十分鐘能夠睜開眼睛，看到家人和安妮．沙利文老師，那麼即使死去也會感謝上帝給了她這十分鐘時間。聽到這些，我爲自己有時候總是抱怨上帝不公而感到羞愧。

造物主在天國給每個人都準備了兩個花籃：一個是祈願的花籃，另一個是感恩的花籃。但是祈願的花籃都已經裝得不能再滿了，感恩的花籃卻總是空空如也。放在天平上的兩個花籃不能維持平衡的時候，兩個花籃裡面的東西就會全都掉出來。

細數我們擁有的東西吧：家人，健康的身體，所愛的人和朋友，還有工作。現在不正是我該裝滿感恩花籃的時候嗎？如果能維持兩個花籃的平衡去生活的話，也許就會實現我們苦苦祈禱的願望。

現在就打電話給你最珍愛的人吧。比如今天就跟父母說：「感謝您把我養育到今天。」或者對一直以來你暗戀的人告白；或者打電話給要請求對方原諒的人致歉。

向一直以來忽視的，卻應該感謝的人表達你的謝意吧，對他們說：「此時此刻我最感謝的人就是您，感謝您一直在我的身邊。」

讓我懂得人生意義的老師們

那是在我等車時發生的一件事。記得那時已是晚秋，天氣很涼，那天的公車等了好久都不來，我厭煩地用腳不斷地跺著地。這時候一對坐在地上賣小飾品的老夫婦映入我的眼簾。兩個人都緊緊蜷縮著身子，甚至無法正常說話。在冰冷的水泥地上，只鋪了一個薄薄的墊子，他們坐在那裡，相視而笑。

看到他們，想到我不過在寒冷中待上幾分鐘就開始厭煩，我不禁為自己感到羞愧。看到這對夫婦在寒冷中受苦，我不忍心，於是打算過去買一個小飾品。

這時候跑來一個小女孩，她給老夫婦倆遞來打糕（韓國點心，類似麻糬）和魚餅湯。夫婦倆露出了慈愛的笑容，用手指著小飾品，意思是要送給小孩作禮物。孩子不知道該如何是好，她的媽媽說：「爺爺要把這當作禮物送給你，快謝謝爺爺。」

比起收到打糕，有人關心自己似乎更讓他們開心。而對這對夫婦來講，能夠為別人做點什麼，也許就是他們最大的願望了。

我一邊挑選小飾品，一邊問老先生：

「車子就在身後呼呼地跑，你們不冷嗎？」

「我沒什麼關係，倒是我老伴很讓人擔心，我要她待在家裡，可是她偏要跟出來。」

老先生蜷縮著身體，費力地說著話，而在旁邊的老太太則害羞地笑著，那笑容宛如天使一般。

「老先生，下次出來的時候，給老太太帶上個厚墊子吧。」

說完我快速地付了錢，上了公車。

我從車窗望去，這對夫婦正在互相餵那個小女孩送給他們的打糕和魚餅湯。頓時一股暖流湧上心頭。感謝這對老夫婦，他們讓我明白人生的意義，也感謝遲來的公車。

Princess Life
& Travel Tips

* 在電影和電視劇中出現的必去的地方

〈愛在黎明破曉時〉——維也納
〈慾望城市〉——美國紐約
〈冷靜與熱情之間〉——義大利佛羅倫斯
〈布拉格戀人〉——捷克布拉格
〈巴黎戀人〉、〈愛在日落巴黎時〉——法國巴黎
〈瞞天過海〉、〈遠離拉斯維加斯〉——美國拉斯維加斯
〈羅馬假期〉——義大利羅馬
〈海灘〉——泰國PP島
〈西雅圖夜未眠〉——美國西雅圖
〈二見鍾情〉——美國芝加哥
〈重慶森林〉、〈甜蜜蜜〉——香港
〈峇里島的日子〉——印尼峇里島
〈海底總動員〉——澳洲雪梨

* 到這裡尋找小時候讀過的童話主角

《白雪公主》——西班牙塞哥維亞
《愛麗絲夢遊仙境》——英國牛津
《長髮公主》——德國特倫德爾堡
《海蒂》——瑞士麥茵菲爾德
《長襪皮皮》——瑞典斯莫蘭平原
《彼得兔的故事》——英國溫德米爾湖
《小紅帽》——德國阿斯菲德爾

Princess's Wise Saying

人生中充滿了值得感恩的事
哪怕是微不足道的小事，也值得我們去感激

能夠忍住流下來的口水，你就是這個世界上最幸福的人。

——**尚．多明尼克．鮑比（法國著名作家）**

我為自己沒有鞋子而憤怒，但走出去一看，有個人在那裡，他沒有腿。——**中國格言**

印度有一位男子，他靠幫人量體重收到的一盧比錢維生。有人問他：「你幸福嗎？」他回答說：「幸福的重量和不幸的重量是一樣的，比起神沒有給我的東西，我更珍惜神已經給我的東西。神給了我這個秤讓我維持生計，對此我已經非常感謝了。」——**柳時華（韓國詩人）**

學習感謝的方法時，我們就學會了專注於人生中好的方面，而不是壞的方面。

——**范德比爾特（十九世紀美國著名企業家）**

我的王冠不在頭上而在心裡，這個王冠不是用鑽石和華麗的寶石做成的，無法用眼睛看到，也不會輕易地被別的皇帝取走，它叫做「滿足」。——**莎士比亞**

請你想像一下：你失去了現在所擁有的一切，失去了所愛的人。再想像一下：現在這所有的東西又重新回到你的身邊。還有什麼比這更幸福的呢？——**山田詠美**

我的微笑具有強大的凝聚力，它能打破冰冷的隔閡，平靜猛烈的暴風雨。我總是擁有微笑，因為我有一顆感恩的心。——**安德魯斯《波恩德偉大的一天》**

幸福不是因為得到了想得到的東西，實現了願望，或是因為做了想做的事情。現在你所擁有的東西，現在的自己，你正在做的事情，是因為你喜歡而存在的。——**德采夫婦《幸福從哪裡來》**

其他的人在考慮失去了什麼，而我在思考我得到了什麼。

——M．埃爾佐（世界上第一位登上安納普爾那峰的人）

人們面對自己不想做的事情總會找成千上百個無法完成的理由，實際上他們只需要一個做這件事情的理由。——**惠特尼．布朗（美國作家、喜劇演員）**

神與惡魔在戰鬥，戰場在人類的心中。——**杜斯妥也夫斯基**

虎視眈眈的人向著自以為是的目的地踏步前進，筋疲力竭時將自己最後一點力量都傾注在所做之事上，埋怨世界沒有給自己幸福，與其成為這樣坐立不安的人，不如努力與自然的力量相融合，那才是人生真正的樂趣。——**蕭伯納**

我從沒有想過自己生活在黑暗的世界裡，因為我心中的太陽總在升起。——**海倫．凱勒**

在尋找山中的寶物之前，請先充分地利用你雙手中的寶物吧。如果你的雙手很勤快，那裡的寶物就會像泉水一樣湧出。——**司湯達爾**

將所有人的不幸都堆積在一起，然後讓人們把看起來最小的不幸拿走，人們便會去找自己的不幸，然後滿足地離開。——**蘇格拉底**

用鋼琴，有些人只能彈出嘈雜的噪音，而有些人卻可以演奏出美妙的音樂。沒有人因此責怪鋼琴的不好。人生也是一樣，有不和諧的聲音也有動聽的音樂。好好學習生活的技巧就會造就美麗的人生，反之，人生會變得不堪。總之，人生本身並沒有錯。——**朗克爾勞**

Understand

珍貴的人生不可虛度

人生是遊樂場

人生像溜滑梯一樣，上去的時候用了好長的時間，而下來的時候卻很快……

人生又像翹翹板，有人上去就會有人下來。如果我要心眼，朋友們就不願意再跟我在一起，甚至會疏遠我。

人生有時候又像盪鞦韆，只有懂得後退才能前進得更遠。如果只是一心想著往前走，絕對無法盪好人生的鞦韆。如果只是在那裡坐著，也絕對無法盪得更高，說不定在某些時候就會有人對你說：「你下來吧。」然後被人搶走了座位。如果想活得更好，就要像盪鞦韆那樣雙腳不停地用力擺動。當然如果有人推你一把，你會盪得更高，但是讓人感到神奇的是，如果沒有人推，而是有人在看你盪鞦韆的話，你會更加賣力。

人生就像乘坐遊樂場的大轉盤，當你不停地轉時，周圍的景色一片模糊，連在旁邊觀看的母親的臉都無法看清，於是珍貴的東西就這樣一個個地錯過了。並且會讓你頭暈腦脹，當轉盤停下的瞬間，甚至會暈倒。

正是如此，人生就是遊樂場。

人生是慶典

我們可以爲自己舉辦慶典，也可以應邀參加別人的慶典。只要你放輕鬆，就會發現這個世界到處充滿了歡樂。

幾年前，我住在一家旅館，跟那裡的外國朋友一起開了一個意義深遠的派對。安娜是我的一位韓國姐姐，那時她在紐西蘭進行語言研修，曾在旅館裡住了三個月（因爲那裡很便宜）。她跟我說她沒能參加三年前舉辦的母親的花甲宴，這成爲她一生的遺憾。二十年前她失去了爸爸，媽媽獨自將她撫養成人，飽嘗艱辛……想到這些，她的心就像被撕碎一樣，禁不住流下了眼淚。

第一次踏上紐西蘭的土地時，她曾感嘆：「居然有這麼美麗的世界！」曾經在電視上看到的世界就展現在眼前，於是她決心一定要帶媽媽來這裡，在如詩如畫的綠色草原上的房子裡過幸福的生活。我聽了這些，有意無意地說道：「邀請母親過來有什麼難？沒有必要等到以後啊，現在邀請不就行了！反正也不能立刻就在這裡定居，先讓母親過來，帶她四處觀光一下。然後去看看那片令人感動的草原，再舉辦花甲宴，怎麼樣？」

聽到這句話，安在娜姐姐的眼睛閃過了一道光芒，但是立刻又無力地說道：「可是現在還沒有那麼寬裕……」

爲了找到解決辦法，我們來到旅館的餐廳，跟朋友們商討起「花甲宴計畫」。計畫得到了大家積極的回應，於是就在那裡成立計畫小組。除了我和安在娜姐姐以外，有五官如雕像般美麗的美女西班牙人，西西莉亞，裴蒜公主娜奧卡和薩歐里，印尼朋友莉亞娜，喜歡獨自吃飯、看電視的澳洲朋友米賽爾，還有記不住名字的兩位義大利花花公子，他們聽到我們的鬼點子覺得很有意思，也參與了進來。

就這樣一共九個人，成立了花甲宴準備委員會。最棘手的問題就是飛機票。如何在短時間內湊齊機票錢？後來有人提議在放假期間「洗車打工」。我們迅速採納了這個意見，並著手進行了起來。我們借了旅館的後院，讓我們身材高眺又豐滿的娜奧卡和西西莉亞換上性感的服裝，出去招攬生意，結果我們大獲成功，客人絡繹不絕。不知什麼時候開始，旅館的主人和朋友們也加入了洗車的行動。就這樣，洗了四天車，我們賺到了飛機票甚至是辦花甲宴的錢。

在安在娜姐姐的母親到達那天，我們一早就開始忙碌起來。外國朋友們開始打掃房間，忙著準備自己國家的料理，以便好好露一手。我跟幾個韓國朋友去韓國商店訂購了打糕，還有花甲宴必需的水果和食物。安在娜在母親來之前已經告訴她要穿上韓服了（當然花甲宴的事隻字未提）。一切安排就緒，旅館的主人和安在娜去了機場。這個由所有人一起精心準備的宴會，一點也不亞於王公貴族的花甲宴。

當安在娜的母親穿著華麗的韓服來到旅館的後院，看到我們準備的盛宴時，她十分吃驚，感動得落下淚來。那一刻我感到喉嚨哽咽，安在娜姐姐也忍不住抽泣起來，在場所有的人都因爲感動哭了起來。那天旅館的所有客人都來到了後院，熱熱鬧鬧地一起分享盛宴。

那一天是一份特別的禮物，它不僅屬於安在娜姐姐和她的母親，也屬於當時在場的所有人。現在想起來我仍然會感到很幸福。一邊洗車，一邊打水仗的時候；不知道該怎麼訂打糕而徘徊不前的時候；等待姐姐母親的時候……人生原來可以如此美麗！人生原來可以如此幸福！這一次我深深地體會到了。

世界如此美麗，如果只是虛度每一天，那眞是遺憾。在我的人生搭上「Aness An」

這列火車後，我將成爲幸福的旅行者。輕裝上陣，將路邊的風景珍藏於心，把旅途上遇到的緣分一一銘記。旅行雖然短暫，但我希望它能成爲永恆。

Princess's Wise Saying

人生是在相似的環境中
懂得適度娛樂者的遊樂場

人生匆匆。最初的四分之一在尚未清醒之時過去了，最後的四分之一在還沒有來得及享受快樂的時候過去了。還有兩個無所事事的中間部分，被睡覺、工作、禁錮和所有的悲傷和苦痛所消耗。人生短暫。——**盧梭**

我終於明白了生存的唯一理由是享受人生。——**麗塔．梅．布朗（美國作家、社運人士）**

我們一無所有地來到這個世界，也將兩手空空地離開這個世界。——**塞涅加**

在飲食中放入鹽，鹹淡正好的話，食物會很香甜，但是如果把食物放在鹽中，無論如何都無法食用。人的欲望也是如此，在生活中應存有一些欲望，但將生活置於欲望之中是不可行的。——**柳時華《地球旅行者》**

沒有人想故意孤獨，我也如此。但是工作的時候，一個人獨處絕對不會有害處，這是一個可以靜靜地整理自己的想法的時間。——**瑞奇．馬汀**

我的人生不想受任何人的干涉，不想與任何人相同，我要按照自己的方式生活。但是按照自己的方式生活就要有嚴格的個人秩序。這一秩序中包括了不能懶惰，要簡樸、單純和不傷害周圍的人，還應該遵從偶爾高調，偶爾低調的生活節奏。——**法正大師《鳥兒飛離的叢林一片靜寂》**

孤獨的人像天文學家，他的眼裡布滿了星星，他並不孤單。——**皮耶．波納爾**

學會與自己內心深處對話的方法，並且認知到所有的事情都有其各自的目的，沒有誤打誤撞發生的事情，也沒有碰巧發生的事情，在所有的時間中都能得到教訓，也能給我們帶來祝福。

——**伊莉莎白．庫伯勒．羅斯（生死學大師）**

給自己思考的時間，祈禱的時間，微笑的時間。那是產生力量的泉源，那是最大的力量，那是靈魂的音樂。——**魯新達．巴蒂《靈愛之光德蕾莎修女》**

偉大的一生像燈塔那樣，雖然沒有巨大的聲音，但卻一直發出光芒。

——**慕迪（美國著名布道家）**

身在高處總會成為孤家寡人。沒有人跟我搭話，孤獨的冷風讓我瑟瑟發抖，我來到高處到底想做什麼呢？——**尼采**

無論你的行為是否會成為電視談話節目中的話題，是否會成為新聞頭條，是否會成為暢銷書的素材，你的行為只會是屬於你人生的特別報導。在採取任何行動之前一定要三思。在人生被印刷完成之前，努力地成為能夠好好地編輯自己人生的人。——馬薩．梅里．馬庫

人生的品質和完美度不在於長或短，而在於展示給後人多麼博大的愛和多麼優秀的品質。
——**克拉夫德**

人生的成敗不在於拿到好的牌，而在於怎樣出好手中的牌。——**湯瑪斯．梅頓（二十世紀靈修大師）**

選擇險峻道路的人在行走的過程中，因拋棄了自己的欲望而感到快樂；選擇平坦道路的人在行走過程中，因滿足自己的欲望而快樂。前者心胸越來越開闊，後者心胸越來越狹窄。
——**李外秀《拋向你的情網》**

人生如此短暫，不要把它看成利刺，而要把它看作花朵，它自有它的味道、香氣和形態。——**希蒙．佩雷斯（以色列總統）**

享受幸福吧！除了從上帝創造的泉中得到的一口水，和從慈悲的人那裡得到的一塊麵包之外，還有以繁星閃耀的天空作為天棚的床。享受這一無所有的快樂！

——**阿爾貝隆尼（義大利著名心理學家、作家）**

連自己的幾分之一都沒有瞭解過，人就會對生活感到煩躁不安。——**詹姆士．狄恩**

有個人讓我煩躁，但是那個人好像就是我自己。——湯瑪斯

白日夢留給那些愚蠢的人吧，讓我們接受心中原本的願望。所有的事物都來自內心。星空下面的你，請深呼吸，與我們一起憧憬吧。所有的事物都來自內心、愛情、人生，甚至死亡。

——**威爾科克斯**

人生的悲劇常常是在不再需要成功或金錢的時候，成功或者金錢上的獨立才實現。

——**艾倫．格拉斯哥**

把青鳥解釋為青色的鳥兒而去捕捉是毫無意義的事情。並不是說世界上沒有青鳥，即使大費周章找到並且捉到青鳥，從捉到的那一瞬間開始，青鳥就一定會變成灰色的鳥兒。

——**堀秀彥（日本作家）**

Vacation

稍微喘口氣，放鬆一下

忙碌者的理由

有一天愛因斯坦的學生問他：

「老師，您是如何取得如此偉大的學術成就的？」

於是愛因斯坦在黑板上用很大的字寫上「S＝X＋Y＋Z」，然後環顧了一下座位上的學生們，說道：

「S是成功，X指沉默，Y代表享受生活，Z指的是休息的時間。」

休息的方法與工作的方法一樣重要。工作的時候要全身心地投入，休息的時候要全身心徹底地休息，這樣的人生才能成功。成功的人大部分不僅努力工作，而且重視讓身心充電的休息時間，重視與家人和周圍朋友相聚的時間。他們會一天忙碌地工作十二個小時，但週末的時候會悠閒地自我審視一番，並且定期去旅行。

但是，我們是怎麼生活的呢？雖然到了週末也有了空餘時間，卻絕對不會去休息，坐立不安之後又去約會，最終帶著在酒桌上積累的疲勞開始新的一週。

有一個女孩始終忙碌不停但卻精力十足，人們問她：「妳總是這麼精力充沛地工作，是怎麼做到的呢？」對於這個問題，她會根據情況來妥善地回答。有時候會說因為有優秀的同事，有時候說自己喜歡這份工作，但是這個女孩眞正想回答的是：「每天至少有二小時的時間什麼都不做。」聽到這個回答，提問的人都一致地說：

「我太忙了，可沒有那樣的閒工夫。」

寫出你的祕密計畫表

美國作家湯姆・強生讓人們列出死前想做的事，然後把它放在錢包，偶爾拿出來看看。例如乘坐熱氣球飛上天空，坐著木筏漂流旅行，釣鱸魚，參觀泰姬瑪哈陵，登萬里長城，沿海岸線漫步等等。

在我的錢包裡，除了一張智慧卡之外還有一張祕密計畫表。偶爾拿出來看的時候，會覺得很幼稚，但是爲了不後悔，我會一一嘗試去實現。

在眾多的祕密計畫中，有一項就是「Do nothing」（什麼都不做）。在繁忙的日常生活中偶爾會感到頭疼和鬱悶，而「Do nothing」正是可以採取的最好的休息方式。也可以在週末去旅行的時候，大概有一天左右的時間什麼都不做，只是休息。

不知道從什麼時候開始，去旅行的時候我不再有「看看這個，再看看那個」的野心了。以前，總是覺得既然已經來了，就應該多看看，於是從清晨一直觀光到半夜，像急行軍似的最後「陣亡」在床上。那時我感到自己不是來旅行，而是來打工的。這樣的旅行最終只會留下在觀光地拍攝的V手勢的照片和疲憊而已。

當然，旅行時應該多看一些，但是同時也應該騰出一天給自己，什麼都不做，把它當作送給自己的禮物。不要被時間所迫，不要覺得我必須完成什麼事情，你只需要享受自己的時間。沒有任何人可以妨礙屬於你的自由。

我曾經親身享受過一次沉浸在完全休息中的假期。那次適逢夏日休假，我跟朋友去了佛羅里達。我們走到戶外享受各種海上運動，騎海上自行車，去遊樂場遊玩。

第四天的時候旅行的費用將盡，我們達成共識打算吃頓大餐，然後結束這次旅行，於是去了當地頂級的飯店。那裡四處散發出奢侈的氣息，吃著晚餐，我感到自己彷彿成爲了奧黛麗・赫本。

在我們喝著紅酒，享受晚餐的時候，我朋友突然「啊」地一聲，吐出了一小塊異物。驚慌之下我們趕忙叫來了經理，飯店的服務人員也因此慌亂起來。飯店首要的標準就是清潔，但現在卻在餐飲裡出現了異物。飯店經理和服務生輪流來道歉，不知道該如何是好。我們反而因此感到不好意思，跟他們說沒有關係。飯店問我們休假到什麼時候，並且承諾給我們提供四天的住宿券，還有SPA使用券。就這樣我們優哉地免費在這家頂級飯店裡盡情地睡懶覺，享受送餐服務，在薰衣草泡泡浴中盡情地享受。芳香似乎驅散了不快的記憶。我的整個身心，不，甚至靈魂都得到了淨化。我們免費享受到了房客可以享受的所有服務。

從那之後，旅行方針由之前的無論什麼情況都要住便宜的地方以節省旅行經費，轉變爲「即使旅行經費不是很充裕，也至少要有一天去高級飯店入住」。即便不是去很貴的飯店，也要去那種有著悠久歷史或者有特色的飯店，去那裡入住得到的經歷完全能夠補償高額的費用。但是那天不要安排太多的行程。作爲一名住客，充分地享受飯店的服務，這樣才能不心疼飯店的住宿費用。

關於給我們帶來完美假期的那個異物的來歷（當然這是我和朋友之間的祕密，千萬不要說出去呀），在乘坐電梯離開餐廳的時候就解開了。

「哎呀，我的天啊，這是怎麼回事！剛才那個異物好像是我補牙用的，我臼齒的一半不見了。」

Princess's Wise Saying

成就完美的一天就要盡情地哭、盡情地笑
還要充分地思考

精彩人生，是從調節好工作和休息、勞動和餘暇的天平開始的。——**戴爾・卡內基**

如果你總是很認真固執、又從不給自己一點快樂和放鬆，那麼一定會瘋掉，或者成為不知道自己已經瘋掉、不安定的人。——**希羅多德（古希臘史詩作家）**

你該懂得放慢奔跑的速度，適當地調節你的力量，以及整理混亂和平靜心緒的方法。就像鳥兒會在某個地方停下築巢，又會為了積蓄力量而在某個地方停下來休息一樣。——**印第安格言**

真正的幸福是結束喜歡的事情後進行休息，然後獲得新生的過程。——**林語堂**

如果你毫不思考，只是埋首工作，就會覺得像離家一樣孤獨；但是如果一天中拿出幾分鐘反省自身，無論你現在身在何處，面臨怎樣的問題，都會找到心靈的安息之所。

——**喬・卡巴金（正念減壓療法之父）**

領悟的場所不是在電腦前，而是在藍天下。——**高橋步**

休息就是消除「不做……事情不行」這種想法的狀態。休息不是什麼特別的東西，它只是停止某種行為。——**奧修・拉傑尼希（印度靈修大師）**

有能力享受快樂的時候，機會卻遲遲不來，這是人生的前半部；面臨很多機會，卻已失去享受快樂的能力，這是人生的後半部。——**馬克・吐溫**

人們總是覺得現在沒有時間，於是將人生中最重要的事情向後推。不論是與相愛的人見面，或是在大自然中休息，學習偉大的思想，還是進行創造性的工作，都向後推。就這樣每天過得匆匆忙忙，但越是推託，事情實現的可能性就變得越小。還有比這些更重要的事情嗎？不能好好地利用上天給予的時間，就是失敗的人生。——**雅各布・利德曼（美國哲學教授、作家）**

成爲S.T.Y.L.I.S.H 時尚一族

瞭解自己的氣質（Style），用率真(Truth)來武裝自己。保持著與年齡無關的青春（Youth），在愛情（Love）面前永遠信心十足。像重視外在美一樣重視內在（Inside）美，積極提升自我（Self-improvement）。無論發生什麼都不會放棄希望（Hope），是真正瀟灑的時尚S.T.Y.L.I.S.H.

Chapter 5

如果你這樣看世界……

在流浪的生活中發現快樂

流浪旅行者

一位富有的美國遊客去拜訪著名的拉比。（猶太教中負責執行教規、律法並主持宗教儀式的人。）令他驚訝的是，拉比竟然住在只有一個小房間的房子裡，唯一的家具就是書桌和椅子。拉比正在看《塔木德經》，這位遊客跟拉比打過招呼之後，稍微猶豫了一下問道：「拉比先生，您的家具都在哪裡？」拉比反問道：「客人，您的家具不是也不在這裡嗎？」

雖然遊客覺得這個問題很好笑，但是仍然很禮貌地回答：「啊，因爲我不過是暫時路過此地的過客而已。」

拉比高興地笑著說：「我在這個世上也只不過是暫時路過的過客而已。」

我眞的見過心境跟拉比一樣的人。有一次因爲堵車，我擔心會錯過火車而不停地跺腳。在我旁邊有位朋友一邊說沒有關係，一邊悠閒地聽起音樂來。結果正像那位朋友說的那樣，我最終沒有錯過火車。

對於沒有發生的事情，他們那種泰然的神情與我截然不同。

他們對於已經發生的事全盤接受，然後尋找最佳的解決辦法：乘坐下一輛車，或者改變目的地而乘坐別的火車。而對於意料之外的事情，他們也不會將它放在心上。看到他們，我明白了欲速則不達，於是心情開始變得舒坦起來。

任何時候人們都可能會遇到不平坦的路，這時候的你就應當把它當作人生的一部分，珍惜所有的過程，以非常平和的心去接受生活的全部，從中發現快樂。

這，就是流浪旅行者。

特別的人們

跟陌生的人搭話需要相當的勇氣。雖然擔心別人用異樣的眼神看我，但是在公司或者住家公寓的電梯內，很自然地跟人搭話可能會是一段新緣分的開始。一個人單獨旅行的妙趣就在於，有很多機會可以向當地人或者旅行者打招呼、搭話，可以向人敞開心扉。遇到一百個人，這一百個人都有可能會成爲你的好朋友。

試著鼓足勇氣吧！在公園或者觀光地，不管在哪裡，親切地向擦身而過的人打招呼。如果你沒有勇氣，或者沒有興趣向著某人大步地走過去，那麼現在開始試試吧。

我曾經在一時的好奇心和勇氣的作用下，交到了一位獨特的朋友。我搬家後沒多久，在社區裡四處閒逛的時候找到了一處美麗、雅致的公園。在那個地方有很多露宿者，其中有一個人讓我感到好奇。他坐在長凳旁邊的沙灘上，每次看到他的時候，他都在讀書。竟然有讀書的流浪者？我就像看到了一位乞丐喝著星巴克咖啡一樣。他跟其他酒醉之後睡著的流浪者完全不一樣，這隱隱地讓我產生了想跟他搭話的衝動。

我坐在長凳上，自言自語道：「It's a beautiful day!」當我跟他的眼神相遇的時候，我很快又說道：「Isn't it?」他看了我一眼，「噗哧」一聲笑了出來，然後又接著沉浸在書裡。我問他書好看嗎？他沒有轉移自己的視線，從自己的包裡慢慢拿出一本書遞給我。我隨手接過書（《哈利波特》系列中的一本），跟他一起讀起來。我坐在長椅上，他坐在沙灘上……

那以後的幾天我都在同一時間去沙灘，跟他一起讀《哈利波特》。我們讀完之後又攀談起來。在成爲流浪者之前，他從事ＩＴ工作，喜歡好萊塢的女演員妮可・基嫚。他已經過了四個月的流浪生活了，現在感覺很滿意。他很珍惜政府發給他的流浪者援助費用（這個國家一年四季都很溫暖，露宿街頭沒什麼問題，希望韓國不會發生人們試圖過流浪生活這種不幸的事），盡情地讀一直以來想讀的書，想盡情地自由生活一段時間之後，再重新開始工作。晚上他就在野營場所搭起帳篷睡覺。他與其他流浪者不同，他常常自己作曲並唱給我聽。現在，他已經是兩個女兒的父親，她們也在ＩＴ業上努力地工作著。

我想，在他的履歷上應該不會寫著流浪的經歷吧……

我在這個世界上四處觀光，發現世界上特別的人眞的很多。

跟流浪者搭話的我是不是也很特別呢？

Princess Life & Travel Tips

* ABC旅行者

A. 具有國際化思維
B. 是一個實踐家
C. 充滿挑戰精神
D. 知道入境隨俗的道理
E. 魅力十足
F. 帶著夢想前進
G. 想像力豐富
H. 懂得自我開拓
I. 具有無限的潛力
J. 珍惜朋友
K. 像哥倫布那樣是一位探險家，也是一位航海家
L. 具有卓越的眼力
M. 能夠充分表達自己的想法
N. 按照航線繼續航海

* 克服旅途中的孤獨的方法

看全家福照片
聽音樂
沉浸於登山、
舞蹈等運動中
用手洗衣服
把孤單的理由折在紙裡
打電話或者寫信給想念的人

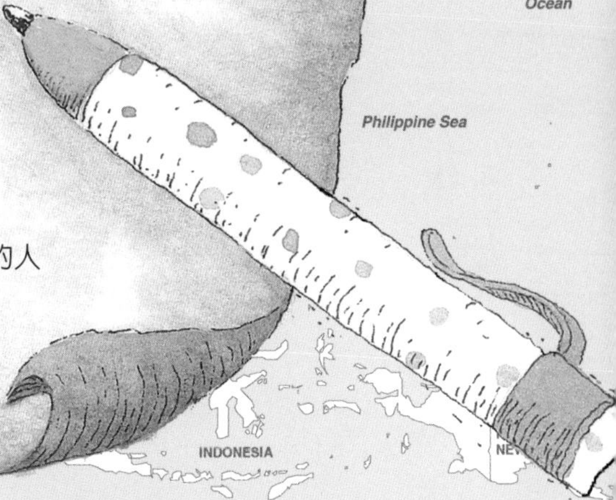

Princess's Wise Saying

眞正重要的東西
是在這個過程中學到了什麼，成長了多少

我明白了自己真正的宿命是在世界各個地方流浪；常常帶著好奇心關注映入眼簾的所有事物，遊覽世界的每一個角落。——**切．格瓦拉**

在某個地方，有一片被遺忘而且早已約定好的土地。不，那不是土地。不，那也不是早已約定好的。是真正無法忘記的東西正在呼喚著你。——**阿摩司．奧茲（以色列著名作家）**

四處旅行吧，走常走的路很安全，但是無聊；行進在沒有走過的路上，能學習更多的東西。

——朴光哲（韓國整形專家）

我喜歡的一位西班牙詩人曾說過：「原本沒有路，你走過之後留下的便是路。」

——**安東尼奧．班德拉斯（西班牙著名男星）**

我在人生激烈殘忍的爭鬥中發現了快樂，而且這分快樂來自於旅行。——**芮妮．齊薇格**

旅行是挑戰自己肉體和精神的極限而進行的活動。我坦率地承認，困難能刺激我，我需要那種克服了難以征服的困難之後感受到的心滿意足。——**馬伊爾勒（瑞士旅行家）**

旅行向我們展示了從工作和生存的爭鬥中解脫出來的人生。——**艾倫．狄波頓（英國作家）**

走在路上碰到石頭的時候，弱者說那是一塊絆腳石，強者說那是一塊墊腳石。

——**湯瑪斯．卡萊爾（十九世紀英國文學家、歷史學家）**

世界是一本書，沒有去旅行的人只是在看書的第一頁。——**夏爾．古斯丁**

旅行是讓你重新煥發活力的魔泉。——**安徒生**

旅行不是為了對照地圖是否正確而進行的。把地圖闔上，四處遊走，慢慢地就會看到路，也會看到在某處徘徊的自己的樣子。人生的快樂就像藏在各處的寶藏，終有一天它神祕的面紗將被揭開，或者悄悄地來到我們身邊。有時候它也像偶然在陌生小巷裡聽到的低沉音樂聲那樣，預料之外的快樂正在等待著我。——**金美真《迷失羅馬》**

人生的目的是不停地前進，前面有山丘，有溪水，也有泥潭，不是只有平坦的道路。出海遠航的船隻不可能不遇到風浪，一直平靜地航行。風浪在任何時候都是前進者的朋友，是苦難人生中的快樂。沒有風浪的航海，該有多麼單調？越是艱難困苦，我越是感到激動不已。——**尼采**

傻瓜選擇定居，智者選擇旅行。——**福勒**

「你能告訴我應該往哪條路走嗎？」
「這取決於妳想去哪裡。」貓說道。
「我還沒有想好要去哪裡……」愛麗絲說。
「那麼走哪一條路就沒有什麼關係了。」——**路易斯・卡洛《愛麗絲夢遊仙境》**

我的住址是鞋子，它總和我一起旅行。——**瓊斯修女**

世界上最偉大的並不是現在你所處的地方，而是你將要到的地方。為了到達天堂的港口，有時候要迎著狂風，有時候要逆流而上。但不要沉默或是拋錨，而應該繼續前行。永不放棄，這本身就是偉大的勝利。——**奧利佛・溫德爾霍姆斯（十九世紀美國著名作家、詩人）**

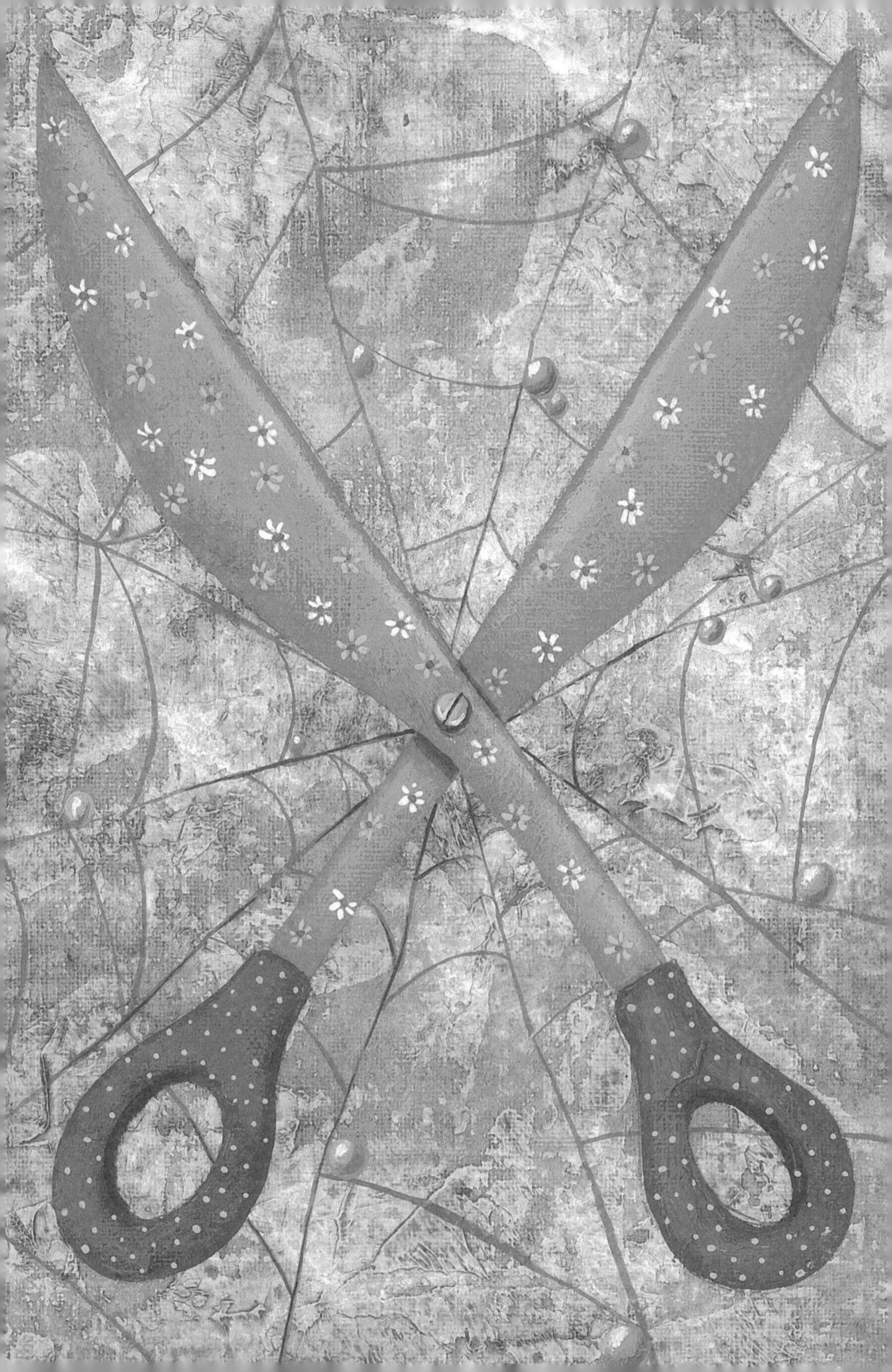

X 果斷地拒絕無謂的事情

對自己的幸福負責

一位睿智的印第安酋長對他的孫子說，自己內心中正在進行一場「戰爭」，無論大人小孩，這場戰爭在每個人的心裡都會發生。孫子很好奇，於是酋長這樣解釋道：「孩子，我們每個人的心裡都有兩隻爭鬥的狼，其中一隻是邪惡的狼，它帶著災禍、憎惡、悲傷、罪惡、虛假、自卑和怨恨。另一隻是善良的狼，它帶著愛、希望、快樂、和平、謙虛、關懷、眞實、友情、微笑和信任。」

聽到這些，孫子問酋長：「哪隻狼會贏呢？」

酋長簡短地回答：「當然是你餵東西給它吃的那隻。」

現在你煩躁不安：討厭壞情緒，討厭後悔和不安，討厭世界的不公，也討厭自己得不到的東西。你是否想把這種煩躁徹底拋開呢？剩下的時間用於去想好事，去做喜歡的事情都不夠，不要浪費在無謂的擔心和苦悶中。

那個時候……爲什麼如此傷心？

爲什麼如此怨恨？

爲什麼如此固執？

爲什麼會認爲沒有什麼比保持自尊更重要？

時光流逝，回想起來，那時候總是因爲這些微不足道的事情而讓自己備受煎熬。

如果失去了什麼，每個人都會感到悲傷，但是應該馬上接受這現實，承認這現實。明智的人會把大事化小，而愚蠢的人則會把小事拿到顯微鏡下放大，從而陷入更大的苦悶中。

不要奢望沒有痛苦的人生，我們應該因爲不被伴隨苦難而來的煩惱和傷心所羈絆而努力，應該爲了自己的幸福，努力從泥潭中爬出來。

有位女性心理諮詢師瓊・鮑威爾曾在她的鏡子下面寫著這樣一行字，每當她看鏡子的時候就讀給自己聽：「你看到的是對你今天的幸福負責的人的臉。」

讓無謂的事隨風而逝

有兩個青年在沙漠中旅行。走了好一陣子之後，由於發生了矛盾而爭吵了起來，其中一個人打了另一個人耳光。挨打的人非常生氣，但是他沒有作聲，只是在沙漠上寫道：「今天我最好的朋友打了我一個耳光。」

他們再也沒說一句話，就這樣一直走到綠洲。當他們到達綠洲後，兩個人決定在那裡洗個澡。但是挨打的這個人爲了洗澡陷入了沼澤，那個打他的朋友慌忙跑來，把他拉了上來。他從泥潭中出來，在石頭上刻下：「今天我最好的朋友救了我的命。」

打了他又救了他的那個朋友感到很驚訝，就問道：「爲什麼我打你的時候你寫在沙漠上，而這次我救你的時候你卻刻在石頭上？」

他說：「如果有人帶給我們傷痛和難過，那就應該把它寫在沙上，以便讓風將埋怨、厭惡等吹走；但是如果有人對我們好，就應該把它銘刻在石頭上，這樣即使颶風也永遠無法抹去。」

有人說拋開對別人的埋怨，能夠寬容別人就是對自己最大的愛，也就是說，比起被原諒的人，去原諒別人的人會感到內心更自由。我們還年輕，人生的路上要做的事情還有很多。要經歷愛情，要體驗成功，不要再爲無謂的事情浪費時間了。現在讓我們果斷地拒絕那些無謂的事情吧。

Princess's Wise Saying

後悔、厭惡、憤怒、貪欲、虛僞
現在我要跟你們說再見

我仍然有心胸寬廣的一面，為此我感到幸運。任何事情如果自己想做，只要下定決心都可以完成。盡情地吃，盡情地睡，然後苦悶就會從空隙中溜走。——**吉本芭娜娜**

對於有些事情抱有厭惡之心，或是認為自己遇到了冤枉的事，於是揪住不放，為此傷心，如此度日的話，我們的人生就太短暫了。——**夏綠蒂·勃朗特**

去回想美好的事情，享受人生的每個瞬間。——小野洋子

如果其他的人沒有按照我希望的去做，請不要憤怒。因為連自己都難做到我希望的那樣。——**威廉·哈茲里特（英國散文作家、評論家）**

有些人總是具有在湯碗裡發現髮絲的能力。他們在餐桌上不停地晃動腦袋，直到一縷頭髮掉到湯碗中。——**赫布林**

真的到了應該擔心的時刻，請絕對不要擔心，那麼擔心的事情就絕對不會發生。因為最糟的不幸狀況是絕對不會發生的。大部分時候，人們正是由於預想不幸才遭遇了不幸。——**夏赫**

踩到馬蹄蓮，腳跟上會留下芳香。寬容正和這香氣一樣。——**馬克．吐溫**

我現在不再去想它了，等明天到塔拉再說吧。我還可以堅持到明天，不管怎樣，明天又是新的一天。——**瑪格麗特．米契爾《飄》**

人死之後，屍體就會被蟲子吃掉，但是人活著的時候，有時會被擔心和憂慮吃掉。——**猶太格言**

請學會忘記吧。與其說忘記是一門藝術，不如說是幸福。事實上一定要忘記的事情，我們反而記得最為清晰。記憶在我們最需要它的時候會可恨地走開，而當我們最不需要它的時候，卻愚蠢地走過來。記憶在帶給我們痛苦時總是很積極，在帶給我們快樂時總是很怠慢。沉浸在苦悶中不要超過十分鐘。——**厄尼·J·澤林斯基《悠閒生活的快樂》**

十八歲的時候我沉浸於愛情，為了他我甚至可以死。但是六年之後，我甚至想不起他的名字，原來時間可以沖走一切。——**電影《碧海藍天》**

生活中最讓人吃驚的是，我們忍耐和經歷了那麼多無謂的憂慮，並且自己招來了那麼多的擔心。——**班傑明·迪斯雷利**

年齡越大做事越費力的原因不在於精神和肉體的衰退，而在於記憶這個沉重的包袱。——**毛姆**

寬待別人的錯誤吧，把今天別人犯下的錯誤當作昨天自己犯下的錯誤。沒有人不犯錯。
——**莎士比亞**

啊，偉大的靈魂。如果沒有穿上對方的鞋子走上兩週的時間，請不要讓我評價他或是責備他。——**印第安蘇族祈禱文**

有一位從鄉下進城的人第一次坐火車旅行。他把沉重的行李頂在頭上，這樣想著：「行李這麼重，放在地上恐怕還要多收錢。」於是他繼續頂著行李。事實上，這行李無論放下還是頂著都沒有什麼差別，我們背著名為憂慮和擔心、毫無用處的行李行走，該有多麼費力啊。——**佚名**

革命中，一位長髮人救了被青年部隊捉住的札耐爾，札耐爾問：「你為什麼要救你的敵人呢？」長髮人說：「人們認為大海比土地更廣闊，但是還有比大海更廣闊的，那就是天空，而比天空更廣闊的則是人心。理解別人，寬恕別人的胸懷比天空更廣闊。」——**雨果《悲慘世界》**

人生中嶄新的一頁由我翻開

照亮周圍的女人

女孩每天放學後都會一如往常地去寶石店，趴在窗邊看陳列的寶石，這是女孩唯一的快樂。一位老奶奶靠近這個看得入神的女孩，問她是否想擁有這些寶石。

「是的，眞是太漂亮了。我想成爲像寶石一樣發光的女人。」

老奶奶對這位看得入神的女孩說，晚上再來這吧。

女孩吃過晚飯又一次來到這家寶石店，這時候寶石店已經關門了。老奶奶讓女孩再看看那些寶石。女孩說太暗了，什麼都看不見。這時候老奶奶點燃了一根火柴，周圍立刻亮了起來，美麗的寶石又映入眼簾，女孩再一次沉浸在寶石的美麗之中。老奶奶對她說：

「孩子啊，妳只看到了寶石。妳說過想成爲寶石般閃亮的女人是嗎？那首先就要成爲照亮寶石的火柴。」

女孩有些迷惑，老奶奶接著說：

「寶石只有在光的照耀下才能發出自身的美麗，在黑暗中就跟普通的石頭沒什麼分別。但是妳看看火柴，它不是在用自己的光照亮周圍嗎？女人就應該像這火柴一樣照亮周圍。」

女孩回頭時，老奶奶已經不見了。

這是我在書上看到的一則童話，幾十年過去了，依然記憶猶新。「應該成爲照亮周圍的女人」，童話中老奶奶的話給孩童時候的我帶來了很大的震撼。

能夠照亮周圍的女人是：

無論何時，對於需要關懷的人都會伸出援手的女人。她們如彩虹般絢麗、寶石般明亮。

「只有乾乾淨淨的鞋子才能帶你到想到的地方。」

無意之間聽到的話使我變成了鞋子愛好者，好像鞋子眞的讓我來到了一個精彩的世界，因此我對鞋子格外用心。老人們說鞋子皺巴巴的，人生也會不順利，因此我常常穿堅挺、光亮的皮鞋。

洗碗的時候媽媽常常對我說：「就算妳什麼都不會，但至少應該把碗洗得亮亮的。」只有這樣人生才能發出閃亮的光彩。

我想成爲一位光彩照人的女人，因此無論鞋子還是碗盤我都會用力、仔細地擦。

打開心中的寶箱

有一段時間我非常討厭自己。因爲遭遇了諸多不順，我覺得自己一無是處。更糟的是，只要我陷入憂鬱的情緒中，無論自己多麼努力掙扎都無法掙脫出來。似乎我的憂鬱是與生俱來的。我找出所有的理由來寬慰自己，但這只讓自己陷入更深的泥潭，而且這時也沒有一個人伸出援手。於是我更加埋怨自己和周圍的人，內心十分煩亂。

在學校附近有一家咖啡店，咖啡店外面有個漂亮的露台，那時候我大概每天都要去那裡喝上五杯咖啡，然後呆呆地在那裡一坐就是幾個小時。就這樣大概過了快一週，我開始學會用看書來排解。

有一天我正在看書，兩個女人走進咖啡店，其中一位是盲人，她在我旁邊的桌子坐下來。

另一位去買咖啡，然後把咖啡遞給這位盲人後，匆匆走出了咖啡店。就這樣兩個小時過去了，我仍然讀著我的書。那位黃頭髮、穿著很漂亮的盲人始終望著天空，她就這樣坐著，一直保持著同樣的姿勢。她好像知道我在她的身邊，開始跟我搭起話來：「您好，我叫愛爾蓮。您好像是一個人來的吧，啊，眞對不起，我是不是打擾您了？」

「沒有，我只是隨便看看書，但是您的朋友去哪了？」

「啊，那是我的妹妹，她去約會了。我一直只當她是小孩子，可是不知什麼時候，她開始懂得約會了。好久沒有這樣曬太陽，感覺眞好。看來出來走走還是對的。您正在讀什麼書呢？」

「夏綠蒂・勃朗特的《簡愛》，我看了很久了，但是內容一點都沒有記住。您的妹妹好像不會太早回來啊，這麼等下去不累嗎？」

她溫婉一笑，聳了聳肩膀。

她又繼續望著天空，我又繼續看我的書。大概過了三十多分鐘，我突然問她：「我讀書給您聽好嗎？」

她把頭探向我的方向，說：「好的。」我有些不好意思地說道：「如果您不願意的話也沒有關係。」她有些害羞地說：「謝謝妳。」

我從第一章開始重新讀這本書，不知不覺中我靠近她坐了下來，她也仔細傾聽著我的聲音。可以看出她聽得饒有趣味。太陽下山的時候，她的妹妹回來了，她看了我們很久，說實在不忍心打擾我們。妹妹對我說謝謝，感謝我能陪她的姐姐，然後扶起了姐姐。愛爾蓮對我說：「今天眞的很開心，我不會忘記的，謝謝。」

妹妹扶著姐姐準備離開，我對姐姐說：「我也過得很開心，如果想知道後面的故事，明天就再來這裡吧。」

後來我們用了三天的時間讀完了《簡愛》，之後我也常常讀書給她聽，後來，爲了讀得更準確，讀得更生動，我還提前進行練習。我們共同分享一本書，一起笑也一起哭。我要搬去其他城市的時候，她對我說：「這是我有生以來最幸福的一段時光。」她把如此特別、珍貴的話送給了微不足道的我。

可以肯定地說，在我的人生中從沒有像當時那樣自信、爲自己感到驕傲。也是從那時起我認識到自己的存在絕不是微不足道的，我重新發現了自己的價值……

多年之後，回想起當時的情景，我送給了那個女人天堂般的禮物，而她也將我從苦難的泥潭中營救了出來。自那之後，我知道了帶給他人快樂是多麼的偉大。

現在如果有人陷入無法自拔的苦海中，或者想著「我的人生完了」「我不想活了」，我想對他們說：「不要絕望。草莓被做成草莓醬，但是草莓的味道並沒有消失。每個人的價值也是一樣，並且我們的價值可以透過給予別人幫助來實現。沒有人伸手來營救我們的時候，就讓我們伸出手去幫助別人吧。」

讀萬卷書才能寫出好文章，一噸的玫瑰花瓣才能提取出一盎司的香水。那麼，想成爲閃亮的女人要付出多少努力呢？

閃閃發光的寶石就是我們自己，打開心中的寶箱照亮世界的瞬間，你的人生也翻開了新的一頁。

Princess Life & Travel Tips

* 請記住帶給你積極力量的鼓勵

1. 我所有的方面都在日益進步
2. 我愛原來的自己
3. 我正在被愛和愛別人
4. 我不看黑暗的影子，只看太陽的光芒
5. 我有實現夢想的時間、健康和熱情
6. 在享受人生、享受生存的權利時，我不會忘記應盡的義務
7. 早晨睜開雙眼的時候最為激動人心，因為我期待今天會發生什麼特別的事情
8. 健康、家人、朋友……我擁有的很多
9. 能夠活在這個世上，本身就很幸福
10. 有時候會因為別人而受傷，這時候要反省自己是否也曾經在無意之中傷害過別人
11. 生活在這個世界上真是太有趣了，這個世界好像也在漸漸地接受我
12. 我常常快樂地微笑著生活
13. 我不會為了討好別人而費力地包裝自己，我想擁有真實的自我
14. 我珍惜所有的緣分，在其中將學到很多東西
15. 因為這些小小的變化，我的目標會變得更加遠大

Princess's Wise Saying

不知道爲自己制訂計畫的人只不過是他人的一部分而已

英雄式的冒險旅行，其目的地就是你自己。你將找到自我。——**柯林．坎貝爾（世界營養學權威）**

終有一日我會踏上旅程，它有可能成為一生中最長的旅行，那就是尋找自我的旅行。——**夏普**

睜開心靈的眼睛，如果能夠看到你心中巨大的寶庫，那麼你就會明白，其實你擁有無限的財富。——**喬治富．莫比**

下定決心完全掌控自己的人生，成為自己命運的主人吧，並且與自己競走，明白自己的宿命，體驗匆匆的人生時光吧。過去和未來的任何事情與你現在經歷的相比都微不足道。

——**羅賓．夏瑪（領導力大師）**

你所需要的東西就在你的內心深處，等待著釋放自我的那一刻，你需要做的只是花點時間靜靜地找出你的內心深處有什麼。——凱蒂

不斷地催促自己，被自己的主觀所束縛而無法自拔，甚至連嘗試都不敢，這時候你就無法成為自己的朋友，更無法成為自己的主人，只能成為自己的奴隸。——蒙田

在心中建造可以讓理想棲息的宮殿，努力不讓理想的火光熄滅。切記，你是自己命運的主人，靈魂的船長。——拿破崙．希爾（成功學大師）

冥想可以讓你還原自我，認清自我。無論生活是好是壞，你都會明白自己正走在自己的人生路上。——喬．卡巴金

我將去內心想去的地方，我真心厭惡其他人做我的嚮導。——艾蜜莉．勃朗特

只要充滿熱情，人生的每一天都是新的

在旅途中留下未來的約定

不想結束一件事情卻又不得不結束的時候，那種不捨是無法用語言來表達的。與戀人分別的時候會感到不捨；仍然相愛卻無奈分手的時候會感到不捨；度過將要結束的週末的最後一刻，也會感到不捨；正在品嘗的冰淇淋快見底的時候；還有旅行將要結束的時候，都會感到不捨。

後來我爲了抒解這種不捨，覺得自己應該做點什麼，於是就在途經的場所留下記號。

就是那種別人看不見，只有我知道的記號（當然不是在牆上塗鴉或是什麼無恥的行爲）。

比如在澳洲艾爾斯岩（世界上最大的岩石）下面，我藏了自己的東西；在瑞士一個小村莊的樹下，我埋下寫給未來丈夫和孩子的信。多年以後，我眞的打算跟丈夫和孩子一起去找那封信，想到這些我的心就怦怦直跳。還有在義大利一條巷弄的舊書店裡，我將寫有日記的一頁小紙片插入一本書裡。如果將來我再去那個地方，那本書還在那裡的話，我想那便是命運在等待我的到來；如果那本書被人買走了，那麼對於發現這頁日記的人來說，不也是一份很特別的禮物嗎？

在法國流傳著這樣的說法，將自己和情人的名字寫在一頁小紙上，在上面放上一塊小石子，然後將它放入河中，如果這頁紙沒有立即沉下去，並且能夠漂浮三秒以上，那麼這段關係就會實現。我很眞誠地在紙上寫下了我的名字和夢想，然後放在河中。它在河面上漂浮了三秒，不（雖然我動了點小腦筋，選了一塊很小的石頭放在上面），它又多漂浮了五秒，然後不見。我仔細看著我的夢想沉下去的地方，當然，並不是想把它打撈上來，而是想等到以後再來到這個地方時，和當時的我對話，微笑著一起談論我的夢想和愛的記憶。

面對即將來臨的二〇一一年我的生日，不知爲何，我感到很激動。

因爲我跟舊愛約好了那時在米蘭的多奧莫教堂見面。二〇〇一年快要入夏的時候，我一直在讀《冷靜與熱情之間》，小說中的一句話讓我記憶深刻。作者說：「如果你想知道最愛的人是誰，那麼就去遙遠的地方旅行，你希望誰陪在你身邊，他就是你最愛的人。」

好久以來，我都沉浸在小說和電影中，直到生日來臨那天，我跟男朋友來到了多奧莫教堂。

我們來到教堂的頂層，一邊欣賞風景一邊說：「我們也像小說中的男女主角那樣約定吧，萬一我們結婚的話，那麼十年後就一起來這裡；萬一我們分手的話，那時候如果還沒有忘記對方，就再來這裡見面。」

現在是二〇〇七年，只剩下四年的時間。

我知道自己不會去那裡，也知道那個人不會來……因爲我知道我們都在自己的位置上努力地生活著，並且走的路各不相同……

我不是因爲想起這個約定及相見的瞬間而感到激動。

我是因爲想起我們年輕時相愛的樣子，實在太可愛了。

因爲在多奧莫教堂留下的記憶是那麼美麗……

人生最滿意的旅行

從旅行開始到旅行結束，以及在憧憬新的旅行的過程中，我明白了一個眞理，那就是旅行的意義高於單純的快樂。透過旅行，我明確地知道了沉重地壓在我人生上的苦難是什麼。到今天爲止我一直被恐懼和不安所束縛，但是現在我明白，不論經歷的是好事還是壞事，都應該接受，這就是我成長的過程。

透過這次旅行的學習，我們爲下一次旅行做了更好的準備和選擇，因此面對即將來臨的旅行，可以更加堅定和果斷。

旅行本身就是釋放熱情的過程，一次旅行的結束意味著對下一次旅行的期待，也正是從這個時候知道，又將有一個新的開始。

結束旅行之後，新的故事、新的我又回到了熟悉的地方。我遇見的人和聊過的事慢慢融入我的生活時，我的人生之路將變得更加平坦。

人生中，「結束」這個詞意味著新的開始。

就像離別是另一段緣分的開始一樣，一段旅行的結束意味著新視野的開拓和一段新旅程的開始。

我會珍惜所有看過的場所、見過的人、收穫的智慧。眞正珍貴的記憶是不會隨著時間的流逝而變得模糊的，越是時過境遷，積澱的記憶越會清晰地浮上來，變得更加鮮明。

寫下今後我想守護的東西：人生、家人、愛情、未來、微笑、健康、朋友、自尊、容貌……如果有人問我至今爲止最滿意的旅行是什麼，我會這樣回答：

人生中最滿意的旅行是：下一次旅行！

Princess's Wise Saying

豐富的閱歷
會讓你變得聰慧睿智、魅力十足

世界是圓的，因此看起來已經要走到盡頭，反而是一個新的開始。——**普林斯特**

我創造我的世界，它是比從外面看起來更美麗的世界。——**路易士・奈維爾遜**

我周圍的一切，都是我封鎖在記憶中的珍貴事物。——**德魯志**

我能向整個世界高喊的唯一事實就是：美好的人生正在等待我們。在這裡，就是現在。
——**B・F・斯金納（美國心理學家）**

可以不被趕出來的唯一樂園，就是回憶。——**讓・保羅・沙特（法國著名思想家）**

我們可回憶的不是日期，而是幸福的每一個瞬間。——**帕韋瑟**

沒有什麼藥比「希望」的療效更好，也沒有什麼營養劑比「明天我的未來將變得更好」還棒。我現在感到心滿意足。——**艾德文．馬頓（匈牙利音樂家）**

「我過得很好。」聽從心的指引，在這一瞬間，在我生活的過程中，我終於說出了這句話。——**艾倫．科恩（美國著名演說家、勵志作家）**

每一件收藏品都有它自己的故事和回憶：找到它的過程，買它時的情景，那一天和誰在一起，那時候的假期。——**喬治．吉爾德（美國著名未來學家）**

我不會停止探險。當我們的探險全部結束的時候，就回到當初出發的地點。這時候我第一次明白了這個地方對於我的意義。——**艾略特**

Thanks to

在父母的介紹下，我們第一次見面了，當時我還很小，是父母給了我遇見你的機會。我懷著害羞和激動的心去見你，見到你的第一面就對你一見鍾情。瞬間，我想起這樣的話：

「你眞帥氣！」

「我的心怦怦直跳。」

你眞的很帥，彷彿一隻蝴蝶飛進我的心裡，而且不知不覺中，你成了我生活的一部分。

你帶我來到陌生的世界，我們開始一起走、一起笑、一起哭。

在我艱難的時候，你走到我身旁伸出援助之手，於是我抓住你的手跳起了舞，飄飄欲仙地飛了起來。

你告訴了我這個世界有多美麗，人們有多美麗，可我卻到現在才對你說謝謝。

你知道嗎？以前我懷有一顆想獨占你的心，可是現在我想與更多的人一起分享你。

Travel!

二〇〇七年夏　於斐濟

阿內斯・安

Aness An

似乎曾見過那樣的人，

連背影都很瀟灑。

閃亮的眼睛，彷彿擁有整個世界。

當她從對面走來，所有的目光都會集中在她的身上。

每一步都是那麼灑脫，那麼有氣質，

不知不覺中會回頭注視她的背影，

是旅行者！

她眞帥氣！

連背影都散發出無限的魅力！

擦身而過的人都認識她，

人們如此感嘆：

「那個女孩眞是瀟灑啊！」

國家圖書館出版品預行編目資料

嗨，我的名字叫旅行：一輩子這樣看世界眞讚！阿內
斯・安（Aness An）文.
——初版——臺北市：大田，民100.08
面；公分.——（Titan；078）

ISBN 978-986-179-219-4（平裝）

855　　100012157

Titan 078

嗨，我的名字叫旅行：一輩子這樣看世界眞讚！
阿內斯・安（Aness An）◎文
宋秀貞◎圖
鄭杰・李寧◎翻譯

出版者：大田出版有限公司
台北市104中山北路二段26巷2號2樓
E-mail:titan3@ms22.hinet.net http://www.titan3.com.tw
編輯部專線(02)25621383 傳眞(02)25818761
（如果您對本書或本出版公司有任何意見，歡迎來電）
行政院新聞局版台業字第397號
法律顧問：甘龍強律師

總編輯：莊培園
副總編輯：蔡鳳儀
編輯：林立文
行銷主任：張雅怡
行銷企劃：張家綺
校對：鄭秋燕
印刷：上好印刷股份有限公司（04）23150280
初版一刷：2011年（民100）八月二十日
新版一刷：2013年（民102）十一月三十日
定價：新台幣300元

國際書碼：978-986-179-219-4 CIP：855 / 100012157